乙女が宿した日陰の天使

アビー・グリーン 作
松島なお子 訳

ハーレクイン・ロマンス
東京・ロンドン・トロント・パリ・ニューヨーク・アムステルダム
ハンブルク・ストックホルム・ミラノ・シドニー・マドリッド・ワルシャワ
ブダペスト・リオデジャネイロ・ルクセンブルク・フリブール・ムンバイ

HEIR FOR HIS EMPIRE

by Abby Green

Published by Harlequin Japan, a Division of K.K. HarperCollins Japan, 2024

アビー・グリーン

ロンドンに生まれ、幼少時にアイルランドに移住。10 代のころに祖母の愛読していたハーレクインのロマンス小説に夢中になり、宿題を早急に片づけて読書する時間を捻出していた。短編映画のアシスタント・ディレクターという職を得るが、多忙な毎日の中でもハーレクインの小説への熱はますます募り、ある日辞職して、小説を書きはじめた。

主要登場人物

エリン・マーフィー……弁護士。
アシュリング……エリンの娘。
エイジャックス・ニコラウ……巨大企業の経営者。
アンドロメダ……エイジャックスの母親。
デメトリオ……エイジャックスの兄。故人。
ソフィア……エイジャックスの妻。故人。
テオ……デメトリオとソフィアの息子。故人。
レオ・パルナッソス……エイジャックスの友人。
エンジェル・パルナッソス……レオの妻。

プロローグ

　エリン・マーフィーとその男性の間で性的な興奮が高まり、エレベーターの中は濃密な空気が満ちていた。エリンの全身を、さまざまな感覚が泡立ちながら巡っていく。達成感。仕事をやり遂げた満足感。だが、何よりも強いのは欲望だった。

　それを表すのに欲望という言葉では控えめすぎる。それは混じりけなしの、なまなましい肉欲だった。危険をはらんだ、よこしまな欲求だ。

　なぜなら、この男性はただの男性ではないからだ。彼はエリンの上司だ。とはいえ直属の上司ではない。エリンの上司の、その上司の上司だ。おそらく、その間にさらに数人はいる。

　一連の交渉や協議のために同じ部屋で過ごした数週間のうちに、二人の間の惹《ひ》かれ合う感覚は、どんどん強くなっていったのだった。

　当然のことながら、エリンは最初から、彼がどれほどハンサムでセクシーか気づいていた。そんなことは世界中が知っている。彼の弁護士チームの一員として雇われ、彼を初めて見たとき、エリンはご多分にもれずその魅力に目を奪われてしまった。でも、惹かれる気持ちを抑え込んだ。雇い主に夢中になるなんて不適切だとわかっていたし、優秀な弁護士だと思われたかったからだ。エリンが修士課程で会社法を学んだあとに初めてついたのがこの仕事だった。それも、専門知識を買われての採用だった。

　だからエリンは、彼に対する熱い思いをちゃんと抑制できていると思っていた。

　エイジャックス・ニコラウはまさにギリシア神だ。または、この上なく神に近い人間と言ってもいい。

彫りの深い顔でひときわ目立つ、緑がかった青色の魅惑的な瞳。罪とセックスを思わせる唇。波打つ豊かな黒髪。背が高く、引き締まった筋肉質の体つき。たくましい体にぴったりと沿うスーツを着た姿からは官能が匂い立っている。

彼は美しい容姿だけでなく、細身の剣のごとき鋭い知性も兼ね備えている。

それに彼は、おそらく世界で最も裕福な男性の一人でもあった。約一時間前、彼は最後の契約書にサインをし、一族が所有する物流ビジネスの全ての指揮を執る身になったのだ。もともと金持ちではあったが、いまの彼は伝説的なインドの鋼鉄王や、メディア界の大物と肩を並べていると言える。

だが、彼の富の大きさはエリンにとってはどうでもよかった。それはただ、自分が大仕事をやり遂げたことを意味するだけだった。エリンが見ていたのは彼そのもの——力がみなぎるたくましい姿だった。

彼の熱を帯びた瞳を見ると、体の芯が反応して熱くなる。そんな経験は初めてだった。

契約の調印が無事にすんだあと、彼と弁護士チームはシャンパンでお祝いをした。そのときに飲んだ泡立つ液体が、いまもエリンの体内に弾《はじ》ける電気のように残っていた。エリンはいまの状況が信じられなかった。言葉にしなくても、これから何が起きるかは明らかだ。漂う空気がはっきりと示している。

ほんの少し前、二人はマンハッタンのダウンタウンにある、彼が所有するオフィスビルのロビーにいた。エリンが弁護士チームのみんなと一緒に帰ろうとしたとき、彼に名前を呼ばれたのだ。

エリンは礼儀正しい笑みを浮かべて振り返った。

「はい？」

「自宅オフィスに機密書類が置いてあるんだ。厳重な保管が必要だし、できれば君に取りに来てもらいたいんだが、いいかな」

エリンは一瞬顔をしかめた。エイジャックス・ニコラウは、自宅での書類保管を不安に思う必要などない。彼は国家元首よりも厳重な警備を敷いている。だから、それは妙な申し出だった。

エリンは彼の瞳を見た。すると、うわべだけの礼儀正しさが剥《は》がれ落ちていくのがわかった。

彼、私が欲しいんだわ。

その気づきは、雷に打たれたような衝撃をエリンの胸に与えた。これまでも、ひょっとしたらと思うことはあった。だがこの数週間、エリンは彼の視線を感じるとすぐに目をそらしていた。気のせいだと自分に言い聞かせ、見つめているのに気づかれたことを恥ずかしく思っていた。

だって、エイジャックス・ニコラウのような男性が、私のような女性に興味を持つなんてあり得ないから。エリンは男性の欲望――特に、エイジャックスのような男性の欲望に火をつけるタイプじゃなかった。それなりに引き締まった体をしているし、顔立ちだってまあまあ整ってはいる。とはいえ、男性の関心を引く際立った何かがあるわけではないし、そこが自分でも気に入っていたのだ。

だが、彼と一緒にエレベーターに乗っているいま、エリンは信じがたい事実と向き合わざるを得なかった。どうやら、自分は世界で最も刺激的な男性の注意を引きつけてしまったようだと。なぜなのか理由を考えたくても、脳に十分な酸素が行き渡らない。

そうしているうちに、エレベーターは最上階へとのぼっていった。エリンは突然、パニックに襲われて寒気を覚えた。もし、私が勘違いをしているだけだったら？　契約がうまくまとまった達成感やシャンパンにのぼせて、おかしな考えに飛びついてしまっているとしたら？　彼は本当に、私に書類を預けたいだけなのかもしれない。

そのとき、まるでエリンの心を読んだかのように、彼が手を伸ばしてエレベーターのボタンを押した。

エレベーターは階と階の間でとまった。

彼の声は少し険しかった。「はっきりさせておこう。僕は君が欲しい、エリン。とはいえ君には、書類を受け取って帰る以上のことをする義務はない」

エリンは息をのんだ。彼は私の心を読んだのかしら？　それとも私、思ったことを声に出してしまっていたの？

彼は私が欲しいと思っている。私の妄想ではなかった。

安堵感《あんどかん》とめまいがしそうなほどの興奮が混ざり合って、エリンは震えた。小さな声で尋ねる。「本当に書類があるんですか？」

彼はうなずいた。「ああ、だが正直に言うよ。書類の話を持ち出したのは、あくまで君と二人きりになるためだ。この数週間、僕は君のせいでおかしくなりそうだった。これが不適切な行いだということぐらい十分にわかっている。それに、信じてほしい——もし抗《あらが》うことが可能なら、僕はとっくにそうしていただろう」

彼は自分を抑えられないことにいら立っているかのように、歯を食いしばった。

自分のせいで彼が抑制を失ったという事実だけで、エリンは陶然となった。

そのせいで、おかしなことを尋ねてしまった。

「あなたをなんて呼んだらいいのかしら」これまではいつも〝ミスター・ニコラウ〟と呼んでいた。

「僕の名前はエイジャックスだ」

「エイジャックス……」

彼はエリンの顎に触れた。「君の発音が気に入ったよ」

そのとき、彼の顔を見てエリンは固まった。そこにはあからさまな渇望が表れていた。

彼は私を欲しがっている。

地味で勉強ばかりしていた、真面目なエリン・マーフィーを。

エリンは物心ついたときから、何よりも勉強を優先して生きてきた。大学教授の一人娘である彼女は、それ以外の選択肢を知らなかった。能動的に行動を起こしたり、楽しみに熱中したりするために時間を使うことはめったになかった。とはいえ、いまのこの時間を、楽しみと表現していいのかはわからない。というのも、エイジャックスはとても張りつめた顔をしているから。そのときエリンは、彼の笑顔を一度も見たことがないと気づいた。

それにはちゃんと理由がある。彼は何年か前に、妻と子供を事故で亡くしたのだ。その事実に駆り立てられたかのように、エリンは彼のほうへ近づいた。

彼女は震えながら、エイジャックスの唇に自分の唇を重ね合わせた。少しのあいだ彼は動かなかった。

エリンは鋼の壁に押し当てられているような気分になり、また寒気を覚えた。私、調子に乗りすぎてしまった？　彼は私が欲しいとは言ったけれど、女性から行動を起こすのは好まないのかもしれない。

だが、エリンがあれこれ考える間もなく、エイジャックスは両手で彼女の肘をつかんで体を引き寄せ、重ねた唇を動かし始めた。自分は失敗したのではないかというエリンの疑いは、溶けて消え去った。

彼の唇は硬く、同時に柔らかくもあり、激しく求めつつ、問いかけてもいるようだった。こんなキスは初めてだ。エリンは一瞬身を引いて、息を吸い込まなくてはならなかった。視界がぼやける。まるで、加速する渦に巻き込まれているような感覚だった。

エリンが圧倒されているのに気づいたのか、エイジャックスは動きをとめて彼女の顎に触れた。エリンはきっちりまとめた髪がほどかれ、肩にこぼれ落ちるのがわかった。彼はその髪の動きを目で追い、指を差し入れた。

「燃える黄金のようだ」

エリンは息ができなかった。彼女の髪が非凡であるかのような言い方だったからだ。実際は、彼女の髪には特別なところなどない。ブロンドでも赤毛でもない、その中間ぐらいの色で、母譲りの髪だ。だが、いま母のことは思い出したくなかった。母のことを考えると、捨てられたときのつらい記憶がよみがえってしまう。だからエリンは手を伸ばして彼のネクタイを緩め、シャツの一番上のボタンを外した。

彼の喉元のくぼみがあらわになり、まだ二人とも服を着ているというのに、とても親密な感じがする。またエリンの心を読んだかのように、エイジャックスは彼女のジャケットを脱がせて床に落とした。長い指がシルクのブラウスに触れ、蝶《ちょう》結びになった襟を器用にほどいて、ボタンへと移動する。

エリンは笑い声をもらしそうになったが、彼にブラウスの前を開けられてじっと見つめられると、浮かれた気分は消えた。彼がシルクのブラジャーに包まれた胸を見つめている。エリンの顔が赤くなった。恥ずかしながら、肌に直接触れる下着だけは、質のいい高価なものを身につけるのが好きなのだ。

彼はエリンのブラウスを押しやって肩から脱がせ、ブラジャーの肩紐《かたひも》の下に指を差し入れると、それを腕までずらした。すると、ブラジャーのカップがはらりとめくれ、胸があらわになった。

エリンは体を震わせた。

エイジャックスはエリンの胸を手で包んだ。胸の頂が硬く張りつめ、エリンの呼吸がますます浅くなる。彼は頭を下げ、その頂をくわえた。

電気ショックのような衝撃がエリンの体に走った。舌と唇で愛撫され、両手を彼の髪にからませる。同じことを彼にしたかった。服を脱がせて、肌をむき出しにしたかった。彼はもう一度エリンの唇にキスをし、手のひらで胸のふくらみを包むと、指で先端をつまんだ。

エリンは彼と唇を重ねたままあえいだ。

エイジャックスは熱を帯びた舌で激しく求めてきた。エリンも同じ貪欲さで応じた。それは、もしも理性が働いていたら、恥ずかしくてできないような行為かもしれなかった。

彼の欲望の証《あかし》が押し当てられるのがわかり、エリンはもっと密着したくて体をよじらせた。彼はエリンのスカートを引き上げ、ヒップの上で束ねた。そして彼女の脚を持ち上げて自分のウエストに引っかけ、体をさらに押しつけた。

エリンはキスを中断した。彼の高ぶりが、ちょうど両脚の付け根に当たっている。あらゆる神経終末が脈打つその場所に。エリンは彼を解き放って、自分の下着を脇に押しやりたかった。二人がつながるのを何にも邪魔されたくなかった。その思いはあまりに強く、息もできないほどだった。

エリンはその思いを目で伝えようとした。欲しいの。いますぐ、ここで。

沈黙が流れ、エリンは、彼も自分と同じくらい強く欲しているのだとわかった。だがそのとき、彼の顔に何かがよぎった。一瞬のことだったので、それがなんなのかわからなかったが、ショックのようなものに見えた。

エイジャックスが身を引き、エリンはすすり泣きをもらしそうになった。

彼はエリンの脚をおろして荒々しい声で言った。

「ここではだめだ……すまない。いったい何を考えていたのか」

エリンは熱望で頭がぼんやりしていたため、言われたことの意味が完全に理解できたのは、彼がボタンを押し、エレベーターがゆっくり動き始めたときだった。エレベーターは上へと移動していた。一階へ戻るのではないとわかり、エリンは思わず息をついた。

エレベーターはどんどん上昇していき、エリンは耳鳴りがした。再びエレベーターがとまってドアが開き、彼のアパートメントとおぼしき場所に着いた。

そこは無駄なものをそぎ落とした、洗練された空間だった。窓は床から天井まで一面ガラス張りで、壁には現代アート作品が飾られている。ソファや椅子は座り心地がよさそうだが、誰も座ったことがなさそうに見えた。彼が人をもてなす際に、住まいではなく専用の会場を使うことを、エリンは知っていた。

何週間もエイジャックスのもとで働いていたが、エリンはいまだに、彼の住む世界の豪勢さに慣れなかった。そしていまも、じっくり眺める暇はなかった。彼はエリンの手を取り、黙ったまま薄暗い廊下を通って、一番端の部屋へ彼女を連れていった。

彼の寝室だった。そこにも大きなガラス張りの窓があり、息をのむようなマンハッタン南端部の夜景が映っていた。たくさんの明かりが街の輪郭を織りなし、夜空にヘリコプターの光が点滅している。

だがそのとき、視界が真っ暗になった。エイジャックスがエリンを振り返らせて、彼と向かい合わせにしたからだ。エリンは息をのんだ。

「本当にこれが欲しいんだね、エリン？　いやならやめて、出ていっていいんだよ」

エリンは言った。「欲しいわ」あなたが。

彼女は自分のことを、性に積極的なタイプだと思ったことはなかった。ここマンハッタンで大学に通っていたころは恋人がいた。だが、卒業と同時に円満に別れた。彼が卒業後、ロサンゼルスに引っ越すことになったのが理由だった。エリンは悲しみに打ちのめされたりはしなかった。生まれ育ったニューヨークを離れるつもりはなかったからだ。そして、セックスに関しては……その男性は、エリンがセックスをした唯一の相手だが、いまみたいな熱い思いを、彼に対して抱いたことは一度もなかった。

いま抱いているのは、切羽詰まった欲望だった。エリンは高揚感とともに恐怖も覚えた。これまでは自分のことを自制心のある人間だと思っていたのに、そうではなくなったみたいに感じられたからだ。彼女は頭脳型の人間で、こんなふうに自分の肉体を意識するのは初めてだった。

エイジャックスが服を脱ぎ始めた。ジャケットを床に放り投げ、ネクタイを外す。彼がシャツの前を開けると、広くて硬く、うっすらと毛の生えた胸板が現れた。

彼がスラックスに手をかけたとき、エリンは息もできなくなった。彼はスラックスを下へおろし、一歩踏み出してそこから抜け出すと、靴と靴下を脱いだ。

いま、エイジャックスは一糸まとわぬ姿でエリンの前に立っていた。エリンは衝撃を受けていた。どこへ目をやったらいいのかわからないのに、どこもかしこも見たかった。ギリシア系の証であるブロンズ色の肌を見つめ、さらに下へと視線を這《は》わせていく。平たい胸板、引き締まったウエスト、そして欲望のしるしへと。エリンは息をのんだ。怖《お》じ気《け》づきそうになるほど、それは大きく、猛々《たけだけ》しい力をみなぎらせていた。

「なんだか、僕だけが軽装をしているような気がするな、エリン」

エリンが顔を上げると、彼の美しくてセクシーな唇が引きつった。

エリンは自分の格好に気づいた。ブラウスとブラジャーは半分脱げており、ジャケットは見当たらない。エレベーターの中にあるのかしら？　スカートはずり上がったままで、片方の腿が露出している。切りに行く時間がなく、伸びすぎてしまった髪はからまって肩にこぼれ落ちている。

どこから手をつけるかエリンが決める間もなく、エイジャックスが近づき、彼女のブラウスを脱がせた。ブラウスが床に落ちる。彼は彼女の背中に腕を回し、ブラジャーのホックを外した。そしてブラジャーも床に落ちた。

なぜだかエリンは恥じらいを感じなかった。たぶん、エイジャックスがすでに裸になっているからだろう。彼はエリンのスカートの脇についているファスナーをおろして、スカートを脱がせた。

いま、エリンが身につけているのは、レースで縁取られたシルクのショーツだけだった。

エイジャックスが目線を落とした。「君の下着の趣味が気に入ったよ」

「ありがとう」

「いいかな？」

彼が床に膝をついて顔を上げたときにやっと、エリンは彼の質問の意味を理解した。彼女は首を縦に振った。

彼はエリンのショーツの端をつかんで、ヒップから腿、そして足元へとおろした。エリンは足を踏み出してそこから抜け出した。

だが、彼は立ち上がらなかった。「ベッドの端に座るんだ」

エリンはベッドがすぐ後ろにあるのに気づき、座るというよりどさっと崩れ落ちた。彼はエリンの両膝に手を置くと、大きく押し開いた。エリンの心臓が、音が聞こえそうなほど激しく打ったが、彼はひたすらエリンの体を見つめていた。これまで感じたことのない官能のときめきが、エリンの全身を駆け巡った。

エイジャックスは手の甲でエリンのおなかを撫《な》でた。エリンは打ち震えた。

「肌がとても白いね」

「両親が……アイルランド人なの……というか、二世か三世なの」

彼は瞳をきらめかせてエリンを見た。「マーフィーという姓からは想像もつかなかったよ」

エリンは口をあんぐり開けそうになった。私をからかっているんだわ。だが彼はすぐにエリンの体に視線を戻し、彼女の両脚の間に移動すると、胸のふくらみを手で包んだ。

「僕は退屈な交渉のあいだずっと、こうすることを想像していた。君のせいで集中できなかった」

エリンはなんとか声を出した。「あなた、ずっと想像していたの……こうすることを?」

エイジャックスがうなずき、エリンの胸の先端に当てた親指を上下させた。エリンは彼の言葉に意識を集中できずいら立った。彼はいま、信じがたいことを口にしている。

「僕はずっと、君が堅苦しいスーツの下に何を着ているのか想像を巡らせていた。シルクのブラウスと、ぴったりとしたスカートの下にあるものを……君は、あのスカートに包まれた君のヒップが、どれほどおいしそうに見えるかわかっているのかい?」

エリンはかぶりを振った。そのとき、ある記憶がよみがえった。少し前、休憩時間にコーヒーを飲もうとして、スプーンを床に落としてしまった。かがんで拾い上げ、振り返ったそのとき、ぎょっとしてコーヒーカップを落としそうになった。エイジャックスがじっと見つめていたのだ。その険しい目つきに、エリンは何か気に障ることをしたのかと思ったほどだった。

彼は頭を前に倒し、エリンの胸の頂を口に含んで吸い、優しく噛《か》んだ。エリンの体内のあらゆる細胞が喜びに震える。エイジャックスは両手をエリンの背中に当てて体を支え、もう片方の胸の先端がぴんと尖《とが》るまで、唇でもてあそんだ。

そして、彼は身を引いた。「仰向けになって」

エリンは甘美な責め苦が中断されたことに安堵すら覚えつつ、言われたとおりにした。だが、一息つく暇などなかった。

エイジャックスはエリンの両脚を押し広げた。エリンは彼の視線が注がれるのを感じた。彼の息が腿の内側にかかる。彼は唇をエリンの肌に押し当て、あらゆる神経終末がうずいている場所へと近づいていった。彼の息は熱かった。だが、エリンの体の芯をとらえた唇のほうがずっと熱かった。

エリンは叫ぶのをこらえようと自分の手を噛んだ。叫んだところで、誰にも聞かれないことはわかっていたが。エイジャックスはその唇と舌で、容赦なくエリンを味わい尽くした。エリンは全身に力をこめた。まるで、それがやってくるのをとめようとするかのように。

だがとめられなかった。それは大波となって、いっきにエリンに打ち寄せた。エリンは身を任せるほかなかった。こんなに無防備になったのも、こんなに解放感を覚えたのも初めてだった。大学時代の恋人が相手のときは、セックスは照れくさく、少しばかり骨の折れる行為だった。こんなふうに全身が砕け散るような喜びを味わったことはなかった。自分をこんなに原始的な、なまなましい存在だと感じたこともなかった。

頭がぼんやりしていたが、エイジャックスが動いて、何かしているのはわかった。彼はエリンの体を抱え、ベッドの中央へと移動させた。

彼がエリンの両脚の間で膝をついた。エリンが顔を上げると、彼は避妊具を装着していた。たくましい体を目にし、エリンの内部が反応して引き締まった。

彼はエリンを見た。「大丈夫か?」

大丈夫かって? いまのエリンの状態を言い表す

言葉などなかった。だから、彼女はただうなずいた。

彼はエリンの両腿をつかんで自分のほうへ引き寄せ、彼女のなめらかな割れ目を先端で突いた。

そのとき、動きをとめてエリンを見た。「君は……バージンじゃないよな？」

エリンはすばやく首を振った。「違うけど……しばらくご無沙汰だったの」

「ゆっくり進めよう」

エイジャックスはエリンの反応を見ながら、なめらかな動きで侵入した。エリンは背を弓なりにそらした。彼はとても大きかった。内部が引き伸ばされるのがわかり、もう少しで不快感を覚えそうだったが、彼がさらに奥へと押し入ってくると、震える息を吐いた。

こんなふうに完全に満たされるのは初めてだった。

エイジャックスは体を倒し、エリンに覆いかぶさった。そしてゆっくり腰を引いた。エリンは自分の内部が、彼の高ぶりとこすれ合うのがわかった。

彼は再び奥へと進んだ。体の中心部から喜びが突き上げ、エリンははっと息をのんだ。彼はリズミカルに動いて、出入りを繰り返した。彼の動きとともに、エリンの興奮はどんどん高まっていった。

エリンの体の奥で切望がつのっていく……もっと欲しくてたまらない。エイジャックスは動きを速め、さらに奥へと突き進んだ。

もっと激しく。

私、声に出してそう言ったの？　彼の動きにさらに力がこもり、エリンは頭を後ろにのけぞらせた。体の内部で強い力がどんどんたまっていき、エリンは懇願したくなった。だが、自分が欲しいものがなんなのか、はっきりと言葉にすることもできなかった。

エイジャックスは指をエリンの指にからませ、両腕を上げさせた。エリンはうなり声をあげたくなり、彼の肩を噛んだ。すると、彼の低い笑い声が聞こえてきた。

私、彼を笑わせたんだわ。

だが、エリンがそれを自覚する間もなく、彼は彼女の手を放して胸のふくらみを包むと、口でくわえて歯を立てた。そして突然、全てが静止して、エリンは歓喜の渦の中へ転げ落ちていった。あまりの快感に、今度は金切り声をあげずにはいられなかった。

エイジャックスの苦しげなうなり声が聞こえ、屈強な体がエリンの上に倒れ込んできた。エリンは無意識に、彼の体に腕を回していた。

一カ月後

エイジャックスは窓辺に立っていた。まるでそれが鎧《よろい》であるかのように、きちんと服を着て。

何から身を守るための鎧だ？　心の中で意地悪な声が尋ねる。

後ろのベッドに、裸で眠っている女性からだ。

彼女の姿が窓に映っている。白い肌に美しい曲線。まろやかな胸とヒップ。

赤みがかった金色の長い髪が、枕の上に広がっている。彼女が唇で僕の胸板から下へと辿《たど》っていったとき、あの髪が肌をかすめた。そして、彼女は僕の高ぶりを手で包んで……。

ちくしょう《スカタ》！　いい加減にしろ。

彼女はどこにでもいそうな平凡な女性じゃないか。

でも、だったらなぜ、初めて寝たあの夜のあと、僕は自分に誓ったのだろう。エリンには二度と触れないと。

それは、心の奥ではわかっていたからだ。エリンとの交わりは、これまで経験したことのない何かだったと。だからこそ二度と繰り返してはいけなかったのだ。だって僕は、しがらみのない肉体関係以上のものは求めていないから。

エリンと初めてセックスした翌朝、エイジャックスは寝坊した。彼には珍しいことだった。まるで二日酔いのような気分だったが、原因は酒ではなくセックスだった。

彼はそれなりに経験豊富だが、あんなセックスは初めてだった。エリンが欲しくてたまらなかった。彼女に対する欲望があまりに激しくて、仕事に集中できなかった。それも、エイジャックスには珍しいことだった。

エイジャックスと彼の弁護士チームは、情報漏洩《ろうえい》防止のため、何週間もずっと同じ場所にこもっていた。だから、新入りであるエリンの存在に、エイジャックスが目をとめたのも自然なことだった。

最初のころ、エリンはあまり発言をせず、ただ周囲を観察して耳を傾けていた。だが、彼女の何かがエイジャックスの関心を引いた。彼女の物腰からは静かな自信がにじみ出ていた。ほかの弁護士たちは、彼の注意を引き、称賛を得ようと躍起になっていたが、彼女は違った。

そしてある日のこと、契約書の一部の表現について、白熱した議論がなされていた。議論の合間の張りつめた沈黙の中、エリンが的確な表現を提案し、その場を丸く収めたのだった。

その瞬間、彼女が野心家の同僚たちを敵に回してしまったことがエイジャックスにはわかったが、彼女は気にしていないようだった。

エイジャックスはエリンに好奇心をそそられた。そんなふうに彼を惹きつけたのは彼女が初めてだった。彼は気がつけば毎日、エリンの姿を探すようになっていた。ある日、エリンの姿がどこにも見えなかった。すると彼女の上司から、彼女はほかのプロジェクトの担当になったと報告された。

エイジャックスは彼に、エリンを自分の担当に戻すよう命じた。契約がまとまるまで、チームの誰にも欠けてほしくないと言って。それはあながち嘘でもなかったが、主な動機はもっと利己的なものだった。

翌日、チームに戻ってきたエリンとエイジャックスの視線がぶつかった。そのときの彼女の様子が、またエイジャックスの興味を引いた。彼女は長いあいだ目をそらさずにいた。エイジャックスの視線に動じていなかった。たいていの女性は、彼の興味を引いていると気づいてそれを利用しようとするが、彼女は違っていた。

エイジャックスの好奇心は、しだいに欲望へと変わっていった。そして、集中したり、理路整然と考えたりすることが難しくなってきた。エリンはいつもほぼ同じ服装だった。細身のスカート。シルクのブラウス。ジャケット。パンプス。全て落ち着いた色合いのもので、化粧もアクセサリーも最低限だった。

それなのに、彼女の姿はエイジャックスの欲望を刺激した。なぜなのかわからなかったし、わからないことに激しくいら立ちもした。そのうち、想像ばかりするようになっていた。彼女が髪をおろしたらどんなふうなのか。あのスーツの下には何が隠れているのか？　肌はどこもかしこも白いのか。

彼女の髪は独特で、赤みがかった濃い金色だ。エイジャックスは気がつけば、秘部を覆い隠しているところも同じ色なのかと考えていた。そしてそれを想像すると、打ち合わせの最中だというのに激しく欲情した。

契約の調印がすみ、祝杯をあげるころには、エイジャックスは自分の欲望を追求しないわけにはいかなくなっていた。エリンが自分を求めているのかも定かではなかった。だが、エリンを呼び止めたとき――彼女が大きなはしばみ色の瞳を向けて、頬を染めるのを見たとき、彼女のほうも欲望を抱いているとわかったのだった。

エレベーターに乗り込むと、二人はすぐに互いを求め合った。あれはエイジャックスの人生の中で、最も官能的な熱い体験だった。

翌朝エイジャックスが目覚めると、エリンはいなくなっていた。彼には初めての経験だった。これまでベッドをともにしたほとんどの女性は、翌朝になると、彼とさらに近しくなろうと躍起になった。だからこそ、エイジャックスは情事の相手を家に招かないようにしているのだ。だがエリンの前では、そのルールが頭からすっかり抜け落ちていた。

エリンは書き置きさえ残さなかった。そして数日後、オフィスで顔を合わせたとき、彼女はまるで何事もなかったような目を向けてきた。彼女が自分に執着していないのは、ある意味、喜ばしいことだ。だが心のどこかで、激しい怒りに駆られている自分がいた。

エリンはあの夜を楽しまなかったのか？　僕にとっては理性が吹き飛ぶような体験だったのに。彼女にとってはたいした経験ではなかったのかと思うと、エイジャックスは不安で落ち着かない気分になった。

ついに彼は彼女を呼び出し、どういうことなのか問いただした。

「どういう意味？」エリンは尋ねた。

「僕らは夜をともにしただろう、エリン」

「ええ。わかっているわ」

「次の朝、君はいなくなっていた」

エリンは頬を少し赤らめた。「女性に朝食をつくってほしがるタイプだとは思わなかったわ」

確かにそういうタイプではないが、それでも納得はできない。だがそのとき、どういうことなのかがわかり、エイジャックスは自分を呪った。

「わざとやっているんだろう？」

エリンは顔をしかめた。「なんですって?」

「わざととぼけているんだね。そうすれば、僕の気を引けると思って」

エリンは怒っているように見えた。彼女の顔に激しい感情が表れるのを見たのはそれが初めてだった。そしてその事実が、エイジャックスをますます不機嫌にさせた。

彼女はきびきびした口調で言った。「そんな駆け引きなんてしないわ。私、そのほうがお互いのためだと思ったからそうしたの……つまり、後くされがないほうがいいでしょう。だってあれは、一夜限りの関係だったんだから」

エイジャックスは言葉が出なかった。彼女はもっともなことを言っている。

「そのとおりだ」

そう言い、エイジャックスはその場から離れた。

そしてその後、およそ一カ月のあいだ、ずっともんもんとしていた。エリンのほうはつねに冷静そのものに見えた。まるでエイジャックスとの情事など、たいしたことではなかったかのように。しかしエイジャックスの体内には、いまもあの甘美な夜の余韻が残っていた。ちょうど、おいしい食べ物があとを引くのと同じように。

あれは一夜限りの関係……。

だが、もう一夜だけならどうだろう?

エイジャックスの頭からその考えが離れなくなった。もう一夜だけ彼女とともに過ごせれば、僕のこの執着心の正体がなんであれ――それを燃焼しきることができるだろう。

だから昨日、彼はそう口にした。打ち合わせのあと、彼はエリンに残るように言い、単刀直入に尋ねた。「もう一夜だけ僕と過ごさないか?」

エイジャックスを見つめるエリンの頬が赤く染まっていった。彼女がずっとつけていた冷静な仮面が剥がれ落ち、エイジャックスは、勝利の喜びのようなものが体を突き抜けるのを感じた。

　彼女はいまも僕を欲している。

「私……」エリンはためらいがちに言った。「それがいい考えなのかわからないわ」

「前に進むにはそれしかないと思う」

「あと一晩過ごせば、それで前に進めると思うの？」

　思わない。即座に浮かんだその言葉を、エイジャックスは無視した。いまのは欲望の声だ。だが実際のところ、一晩か二晩ともにしたあと、同じ女性に対する興味が続いたことなどない。

　エイジャックスはうなずいた。「そうだ」

　内なる悪魔と闘っているかのように、エリンは長いあいだ黙り込んでいたが、ついに口を開いた。

「わかったわ。いつ、どこで？」

　彼女のそういう単刀直入なところが、エイジャックスは好きだった。言葉どおり、彼女は駆け引きなんてしないのだ。そういうわけで、エリンは昨夜、彼のアパートメントにやってきたのだった。

　エイジャックスはエリンと一緒にディナーを食べようと計画していたが、エレベーターのドアが彼女の後ろで閉まった瞬間、紳士的でいようという試みは粉々に崩れ去った。二人は数秒もしないうちに一糸まとわぬ姿になっていた。

　夕食をとったのは真夜中になってからだった。セックスの合間のその時間は、意外にも、打ち解けた楽しいものになった。エリンはエイジャックスのシャツをはおっていた。二人はキッチンカウンターの上に反対側からそれぞれ座り、チキンサラダをつつきながらワインを飲んだ。

　これまで女性とそんなふうに過ごしたことがなかったので、エイジャックスは戸惑いを覚えた。そして不本意ながらも過去を思い出し、いまの時間が妻と過ごした時間とどれほど違うかを痛感した。

彼は妻とエリンを比較して、考え始めていた。もっと一緒にいたいと思うほど、一人の女性に好意を抱くのはどんな感じなのかと。

背後のベッドから音がした。血が沸き立つのを感じ、エイジャックスは体をこわばらせた。もう一晩一緒に過ごせば、欲望の炎は消えるだろうと思っていたが、どうやらさらに激しくなってしまったようだ。だからこそ、いま、理性を働かせてすべきことをしなければばならない。言うべきことを言わなければならない。

なぜなら、エリンとの二度目の夜を終えたいま、一つだけ確かなことがあるから。この女性は危険だ。僕にとって——僕が信じ、築き上げてきた全てにとって危険な存在なのだ。

僕は誰かと真剣な付き合いをしたいとは思わない。これまでだってずっとそうだった。僕の遺伝子にそういう今欲求は組み込まれていないし、今後新たにそういう欲求を抱くこともない。過去にあんな経験をしたあとでは。

彼は覚悟を決めて振り返った。エリンは上掛けを胸まで引き上げ、片肘をついて眠そうにしている。

「おはよう」

かすれたその声を聞いたとき、エイジャックスはもう少しで気が変わりそうになった。

だが、僕は意志の固い男だ。そうでなければならない。僕にはビジネスの舵《かじ》取りをする義務があり、個人的な欲求は超越しなければならないのだ。

エイジャックスは口を開いた。「話がある」

1

二十一カ月後　マンハッタン

エリンはベビーベッドのそばに立ち、やっと眠りに落ちようとしている一歳の娘を眺めていた。娘は力を使い切ったかのように脚と手を伸ばしている。こぢんまりとした部屋には柔らかな光が流れ込み、ユニコーンや犬やウサギや鳥の影が、天井でぐるぐる回っている。

エリンは娘を見ながらにっこりした。娘はやんちゃでたくましく、母親にまったく似ていない。彼女は父親似だ。浅黒い肌に、波打つ黒い髪。エリンに似ているのははしばみ色の瞳だけだった。

後ろめたさが襲ってくる。今日、ずっと子守をしてくれていた父親から、こう言われたのだ。

〝いつまでも先延ばしにはできないぞ。彼に知らせるべきだよ。この子はもう、あんよを始めそうになっているんだから〟

父が正しいことはわかっている。これまでもエイジャックスに知らせようとはしたし、手紙も書いた。だがなんの返事もなかったので、エリンはそれ以上積極的に連絡しようとはしなかった。彼に捨てられたのだということを痛感するだけでなく、子供時代の悲しい記憶までよみがえってしまうからだ。

だから自分に言い聞かせた。やるべきことはほかにあると。それは娘を一人で育てるシングルマザーとして、キャリアを積んでいくことだ。

別れたとき、エイジャックスはエリンにはっきりとこう言った。僕たちの間に起きたことのせいで、君が事務所を辞める必要はいっさいない、と。実際、エリンが勤務していた法律事務所は大手だったので、ほかの支所や部署への異動を願い出さえすれば、彼と二度と顔を合わせなくてすんだはずだった。

エリンは辞めずに残ることも考えた。そのほうが面倒も少なかっただろう。でも、エイジャックスと顔を合わせることはないとしても、あの事務所にい続ければ、彼の存在を気にとめないわけにはいかなくなる。彼は男盛りで謎めいていて、しかも独身だ。彼がいまどんな女性とデートしているか、みんなが噂《うわさ》するのをいやでも耳にしていたはずだ。それに、エリンが自分でどんなに否定したくても――そして、エイジャックスとの間にあったのは単なる肉体関係だと思い込もうとしても、彼の存在は、ゆっくりとエリンの心の中に忍び込んできていた。

ばかげているのはわかっている。寝室以外の場所で、彼とまともに会話したのはたった一回きりで、二度目の夜のことだ。その会話だって、互いの私生活に踏み込むようなものではまったくなかった。

自分とエイジャックスの住む世界が違うことは、エリンにはわかっていた。彼と寝たのがエリンにとって、自分らしくない行動だったのと同じくらい、エイジャックスにとっても、エリンとの交わりは普段の行動パターンを逸脱していた。だからこそ、彼は二度目の夜のあと、あっさりとエリンを捨てたのだ。

エイジャックスから終わりにしようと告げられたとき、エリンは深く傷ついた。大学時代の恋人と別れたときはあんなにつらくはなかった。エイジャックスの拒絶はエリンに、幼いころ母が出ていったときの深い悲しみ、そして母に捨てられた父の絶望を思い出させた。エリンがこれまでずっと、人と深く関わるのを避けてきたのは、あんなつらい思いを二度と味わいたくないからだった。

だがエイジャックスはエリンの心に侵入してきた。

それがエリンにとっては恐怖だった。だからこそ、エリンは彼との短い情事を終わらせることを受け入れたのだ。

少したって、ライバルの法律事務所から誘いがあったとき、エリンはそれをエイジャックスから離れる好機と捉えた。移籍先の事務所は妊娠中の待遇もよかったし、産休を終えてからは、ずっとパートタイムで働かせてもらっている。

つまり、エイジャックスとの短い情事が終わったあと、エリンの人生は劇的に変化していたのだ。

エリンは眉をひそめ、静かに子供部屋から出ていくと、ドアを半分だけ閉めた。

正直なところ、いまは疲れ切っていて、エイジャックスのことは考えたくない。やっと、自分の夕食を準備する時間ができたのだ。だから――。

インターホンが鳴り、エリンの思考が中断した。きっと間違って押したのだろう。配達員が部屋番号を間違えてインターホンを押すのはよくあることだ。エリンが受話器を取るとモニターに映像が表れた。

彼女は凍りついた。

モニターに映っていたのは荷物の配達員ではなかった。長身のため画面に顔が映っておらず、見えるのは肩とスーツだけだった。だが、画像の粗いその映像からも、スーツの仕立てのよさや、肩と胸板の広さがはっきりわかった。

やがて、画面に顔が映った。息をのむほどハンサムな顔が誰のものかはすぐにわかった。エイジャックス・ニコラウだ。彼が数階下にいる。まるで私のよこしまな妄想の中から現れたみたいに。あまりに現実味がなくて、エリンは彼を中に入れるかどうか決める前に、ボタンを押してアパートメントの入り口を解錠してしまっていた。

入り口のドアが開く音がして、エイジャックスは言った。「六号だね？」

無意識のうちにエリンは返事をしていたらしく、彼が画面から消えた。下のほうから、エレベーターのドアが閉まる音が聞こえた。彼はいまエレベーターに乗って上がってきているのだろう。エレベーターの到着を知らせるぴんという音がして、開くのがわかった。

いま、エイジャックスは私の部屋のドアの前にいる。たぶん、なぜまだドアを開けていないのかと不思議に思っているだろう。

ドアを軽くたたく音がした。「エリン?」

エリンはつかの間、呆然《ぼうぜん》としてしまっていた。現実から逃げるかのように、思考の動きをとめていたのだ。

ドアを開けたエリンは、顔を上に向けなければならなかった。エイジャックスがどれほど背が高いか忘れていたし、帰宅するなりハイヒールを脱いでしまっていたからだ。彼の存在は、強い電流のような衝撃をエリンの体内にもたらした。

彼は眉根を寄せてエリンを見た。「髪が短いね」

エリンは照れくさそうに自分の髪に触れた。赤ん坊が髪をつかんで引っ張ろうとするので、数カ月前に切ったのだ。

全身がまた凍りついた。赤ん坊。

彼女は手をおろした。「ミスター・ニコラウ……何しに来たんですか?」

髪の短いエリン・マーフィーはこれまでとは違って見えたが、それでもなお魅力的だった。ドアが開いて彼女の姿が目に入った瞬間、エイジャックスの体は欲望で張りつめた。

僕はいまでも彼女が欲しい。

エリンは以前より痩せていた。これほど華奢《きやしや》に見えたのは初めてだった。髪が短いので、美しい顔の骨格にまず視線が向いてしまう。そして大きな瞳と、細く長い首。シルクのブラウスの襟の下からのぞく美しい鎖骨。

エイジャックスの体がこわばった。「入ってもいいか？」

エリンは動かなかった。「いったいなんの用？」

「君に会いに来たんだ」

「なぜ？」

その質問はエイジャックスに、エリンがどれほど単刀直入だったか思い出させた。

彼が口を開く前に、後ろの廊下から人の声が聞こえてきた。

エリンがとっさに判断を下し、後ろへ下がった。

「入ってもらったほうがよさそうね」

ぶしつけな言い方だったが、エイジャックスは言い返さなかった。エリンが頬を染めている様子が、体を重ねたときの彼女の姿を思い出させたからだ。

彼はエリンから目を離して室内を見回し、自制心を取り戻そうとした。明るくて風通しのよい、素朴な部屋だ。棚には本が並び、使い込まれたソファにはカバーがかけられている。

「ミスター・ニコラウ……」

彼は振り返ってエリンを見た。「君はずっと、そんなふうに他人行儀でいるつもりなのか？」

エリンの唇がこわばった。「もう二年近くたっているもの。それに……すごく短いあいだのことだったし」

「いまさら他人行儀にする必要はないと思う。どうぞエイジャックスと呼んでくれ」

エリンは一瞬、歯を食いしばったが、すぐにぴしゃりと言った。「わかったわ、エイジャックス。なんのご用かしら？」

「君は事務所を辞める必要はなかった」

「つまり……またあなたのもとで働けってこと？」

エイジャックスの良心がちくりと痛んだ。ここに来た理由は、もっと不純で本能的なものだった。

「新しい事務所でうまくやっていると聞いたよ。前の事務所の上司は、君を失って惜しいと思っているだろうね」

「あなた、私が貴重な人材だったと伝えるために、わざわざここへ来たの？」

エリンはエイジャックスを見つめて、彼の返事を待っていた。エイジャックスは改めて彼女の率直さを痛感した。彼女の瞳は美しい。茶色と緑色が混ざったような色で、濃い色の長いまつげに縁取られている。

そのとき、エイジャックスは気づいた。今日ここへ来たのは、つながりが欲しかったからだと。エリンとの関係を終わりにしてから、ずっと感じられなかったつながりを。

自分の狭いアパートメントにエイジャックスがいて、話をしていることが、エリンはいまだに信じられなかった。彼はわけのわからないことを言っている。エリンは彼に出ていってほしかった。この状況は危険すぎる。彼に子供の父親だと知らせる心の準備はまだできていない。自分から会いに行って、落ち着き払った態度で伝えるつもりだったのだ。靴を脱いだ姿で、すぐそばに赤ん坊がいるときじゃなく。

エリンが彼を追い出す口実を思いつく前に、エイジャックスが口を開いた。「なぜ事務所を辞めたんだ？　僕らの間で起きたことが原因か？」

エリンは唾をのみ込んだ。彼といると精神的に無防備になってしまうことを、よりによってその原因である張本人に説明するつもりはない。

なんとか声を出した。「ばかなことを言わないで。私、よりよい待遇が見込める事務所へ移っただけ」

「君とのことがあってから、僕は誰とも寝ていないんだ」

まるで責めるような言い方だった。彼が浮かべた真剣なまなざしは、あの日、エレベーターに乗っていたときと同じだった。エリンの肌がかっと熱くなって、うずき始めた。脚の付け根がどくどくと脈打ち、エリンはショックを受けた。子供を産んでからは、欲望なんて感じたことがなかったのに。

というか、エイジャックスと別れてからは。

頭が混乱する。エイジャックスが自分と別れてから、誰とも寝ていないという事実が何を意味するのか、深く考えるのは怖い。それを聞いたいま、自分がどう感じているのかも考えたくない。

エリンはいまの状況を現実的に捉えようとした。「なぜここへ来たの？」また私を雇いたいのかしら？

頭をすっきりさせたいかのように、エイジャックスはわずかに首を振った。「僕が思うに、ここへ来たのは、君との交わりを忘れることができなかったからだ。君は忘れていたかい？」

エリンは嘘《うそ》をついた。「ええ。私、ほかに考えることがたくさんあったから」

たとえば、娘のこととか。

妊娠がわかったときのことを思い出し、エリンの胸が激しく揺れ動いた。

そのころ、エリンは新しい仕事に全力投球して、エイジャックスとの情事を過去のものにしようとしていた。あまりに必死だったため、新しい事務所で働き始めて三カ月が過ぎたころになって、やっと気づいたのだ。朝になると吐き気を催す状態がひと月も続いていることに。そして、もともと乱れがちだった生理がとまっていることにも。

しかも、体がふくらみ続けていた。ひどくなる一方で、入らなくなった服もあった。

そしてある日、自分のふくらんだ胸を、男性のクライアントがまた見つめていることに気づいたとき、エリンはやっと認めたのだった。なんとか時間をつくって病院へ行き、診てもらう必要があると。

医師が決定的な言葉を口にするまで――つまり、〝妊娠しています、約十三週目です〟と言われるまで、エリンは妊娠の可能性なんて考えもしなかった。というよりも、その可能性があることを考えるのが怖かったのかもしれない。

エリンはもともと軽度の子宮内膜症を患っていた。だから生理が遅れたり、体の不調を感じたりするたびに、子宮内膜症が原因だと決めつけていたのだ。それに、普段からストレスのせいで生理不順になりがちだった。エイジャックスとの短い情事が終わったことと、事務所を移ったことはストレスどころではなかったから、周期が乱れるのは当然だと思っていた。

医師は信じられないという目でエリンを見た。

〝本当に、まったくわからなかったんですか?〟

エリンは首を振った。

妊娠。

その後の数日間、エリンは何も考えられず、ただ呆然としていた。

エイジャックスの声がエリンの記憶をさえぎった。

「結婚とか、婚約はしていないね?」

エリンは左手を隠した。「していなかったらなんなの? 恋人がいるかもしれないでしょう」

「そうなのか?」

彼女はかぶりを振った。「いいえ……でも、あなたは本当に、私たちの間にはまだ特別なものがあると思っているの?」

彼はそれに答える必要はなかった。どんなにエリンが否定したくても、いま、じゅうじゅうと焼ける音が聞こえそうなぐらい、熱い何かが二人の間に存在していた。

だがエリンは必死で、そんなものは存在しないかのようにふるまった。「終わりにしたのはあなたのほうなのよ。忘れたの？」

「たぶん、僕はちょっと……せっかちすぎたんだ」

「もう二年近くたっているのよ。せっかちとはほど遠いわ、はっきり言って」

彼はエリンと目を合わせた。その熱いまなざしに、エリンは内心震えた。

「少し忙しかったんでね」

「そうなの。私もよ」

娘を出産していたから。

彼に言いなさい。

だが、口から言葉は出そうになかった。罪悪感でみぞおちがひりひりする。

エイジャックスが一歩近づいてきた。エリンは後ろに下がるべきだとわかっていたが、手足がなまりのように重かった。

「いま、僕らの間で電気のように流れているものを、否定などできないはずだ」

彼の香りが押し寄せ、エリンはそれを吸い込んだ。ムスクと森林のような香りで、少しスパイシーさも感じられる。その香りでいっきに過去へ押し戻されたエリンは、彼しかもう目に入らなかった。過去の記憶と欲望にのみ込まれ、これまでのストレスや試練が溶けていく。

エイジャックスは手を伸ばして、エリンの髪にそっと触れた。「似合っているね」

「あ……ありがとう」

彼は手をおろさずに尋ねた。「いいかな？」

何を尋ねられているのかわからないまま、エリンは首を縦に振っていた。

エイジャックスは指先をエリンの頬から顎へと辿《たど》らせた。そして顎を持ち上げ、唇を見つめた。「君のことをずっと夢見ていたよ……」

彼がさらに近づいてきた。エリンは後ろに下がらなかった。彼がこんなに近くにいて、熱いまなざしを向けている。何も考えることができない。彼が頭を傾け、唇を重ねてくると、エリンはもう、突き上げてくる欲望しか感じられなかった。

さっきの質問はキスをしていいかって意味だったのかしら？　どうだっていいわ。エリンはキスを受け入れることで同意を示した。彼の唇が動き、さらに多くを求め、問いかけてくる。エリンはためらいもなく応じ、唇を開いて彼の舌を迎え入れた。

エイジャックスはエリンの背中に腕を回して体を引き寄せた。彼の欲望のしるしが押し当てられ、エリンの体の芯を熱望の矢がいっきに貫いた。

突然、エイジャックスが頭を引いた。「なんの音だ？」

数秒たってから、エリンはそれが赤ん坊の泣き声だとわかった。エイジャックスの腕を振りほどいて、子供部屋へと走る。

アシュリングが、ベビーベッドの中で泣きながら立っていた。彼女はエリンが現れると、すぐに泣きやんでにっこり笑った。生え始めた歯が歯茎から少しのぞいている。泣いたのはそれが原因だろう。

エリンは娘を抱き上げた。頬が熱くなっている。頭からエイジャックスのことがすっかり消えていたので、振り返ってドア口にいる彼を見て、びっくりしてしまった。

エリンに抱かれたアシュリングは、エイジャックスを見て動きをとめた。

エイジャックスは赤ん坊を見つめていた。顔は石のように固まっている。彼は後ろへ下がってドアから離れ、エリンが通れるようにした。エリンは子供部屋を出て、居間に行くほかなかった。

エイジャックスはもう一度アシュリングを見つめ、しばらくしてからエリンを見た。

エリンはまるで身を守る盾のように、アシュリングをかき抱いた。

彼はまた赤ん坊に目をやった。「いったい……この子は？」

エリンは体が震えるのがわかった。「名前はアシュリングよ」

エイジャックスは固まった。じっと見つめ合う父親と娘は、あまりに似ていて笑えるほどだった。

彼は赤ん坊から視線を離してエリンを見つめた。

「僕の子だ」

断言だった。そのとおりだと伝える絶好の機会にもかかわらず、エリンはこう言っていた。「どうしてわかるのよ」

エイジャックスは険しい顔で言った。「僕の息子にそっくりだからだ」

2

エイジャックスはキッチンカウンターの端にしがみついた。まるで、巻き起こる嵐に吹き飛ばされないよう踏ん張っているかのようだった。いまさらながら部屋にあるベビー用品が目に入る。哺乳瓶の消毒器。歯固めリング。おもちゃ。ベビーチェア。

エリンは子供部屋へ行っている。赤ん坊を寝かせるために。

赤ん坊。僕の赤ん坊。

自分の子供であることは明らかだった。あの子は、死んだ息子のテオが赤ん坊だったころにそっくりだ。

エイジャックスは何年間もずっと、過去の思い出を遮断して生きてきた。だがいま、頭の中が破裂しそうなショックとともに、記憶がいっきに押し寄せていた。

彼は不幸な結婚をしていた。妻のソフィアは運命の相手でもなんでもなく、もともとは兄の婚約者だった。兄とソフィアの結婚は、ギリシアの二つの名家の間で交わされた取り決めだった。だから兄が亡くなったとき、エイジャックスは兄の代わりにソフィアと結婚した。

結婚式の日、ソフィアはすでに兄の子を身ごもっていた。エイジャックスは世間体のため、その子を自分の子として育てることに同意したのだった。

つまり、テオはエイジャックスの息子ではなく甥《おい》だった。だがエイジャックスは、テオを実の子のようにかわいがったし、テオにとってエイジャックスは父親だった。カールした黒髪とやんちゃなきらめく瞳を持つ、丈夫でかわいい男の子は、丸々とした小さな手でエイジャックスの手をつかんで言ったものだった。〝パパ、来て来て!〟そしてエイジャックスに池のかえるやカタツムリを見せたり、お気に入りのおもちゃを自慢したりした。

テオを失ったときの悲しみが、なまなましくよみがえってくる。時が悲しみを癒すという陳腐な決まり文句が嘘《うそ》だとわかる。いくら時がたっても、あの悲しみが癒えることなどない。

エイジャックスは妻の死も嘆き悲しんだ。とはいえ彼女との間には、愛など存在していなかったが。ソフィアとテオの死によって、一つ明らかになったことがある。それは、自分が家族にとって売買品のような存在だということだ。ギリシアでも有数の豪家に生まれたエイジャックスにとって、家のための結婚は義務だった。仮面夫婦である両親に、距離を置いた子育てをされてきたエイジャックスは、この世に愛というものがあるなんて、そんな幻想は抱いてこなかった。そして、結婚によって冷たくむなしい思いを味わったことで、世界に対する冷めた見方がますます強まり、いまはもう、二度と家族ごっこなどしないと心に決めていた。

だからこそ、一族が展開するビジネスを全て手中に収めたのだ。操られるのではなく、自分が自由に采配を振るために。

背後から音が聞こえ、エイジャックスは振り返った。エリンは小さな部屋のドアをそっと閉めていた。

衝撃の事実を知ったいまでさえも、僕は彼女に視線を這《は》わせ、体が反応するのをとめられずにいる。ショックと怒りと欲望を同時に感じて、エイジャックスの血は沸き立った。

彼はエリンを見据えた。「なぜ、娘のことを僕に教えてくれなかったんだ？」

少ししてから、エリンは弱々しい声で答えた。

「伝えようとはしたのよ……何度か……」

エイジャックスがここにいて、娘の存在を知ってしまったという事実に、エリンの頭はまだ混乱していた。そして、さっきのキスによってはっきりした事実——彼がいまも、自分に強い影響を及ぼしてしまうことにも動揺していた。

エイジャックスは顔をしかめた。「いつだ？」

エリンはぼんやりした頭を必死で働かせようとした。「あの子が五カ月ぐらいのときよ。あなたのオフィスに電話をかけたの。そうしたら、あなたはギリシアにいるって言われたわ。あなたに直接つながる電話番号は知らなかったし、〝子供が生まれたと伝えて〟って言うわけにもいかないでしょう？」

「何度か伝えようとしたと言ったが、たった一度じゃないか」

「手紙も書いたわ」

「手紙だって？」

「あなたに伝えるにはいい方法だと思ったの」

「いまはなんでもデジタルだよ。手紙なんて時代遅れだ」

「ええ、そうね。でも私はもう、前の事務所で使っていたメールアドレスを持っていないの。メールを送っても、迷惑メールフォルダに振り分けられるだけだってわかっていた。もしくは、あなたの秘書に開けられて中身を読まれてしまうか。だから手紙のほうが安全だと思ったのよ」

一瞬、彼は顔つきを変え、少しこわばった声で言った。「どちらにせよ、たいした違いはないよ。たとえ親展と記されていても、僕宛の手紙は全てアシスタントが開けるから。僕は何も隠すことはないし、怪しげなものはすぐに破棄させるようにしている。僕のような立場の男から金を巻き上げる方法として、子供の父親だと脅すのはよくある手なんだ。もっとも、僕なんかよりももっと遊び人の男を狙ったほうが、ずっと成功率は高いだろうが」

エリンはエイジャックスが言ったことを思い出した。〝君とのことがあってから、僕は誰とも寝ていない〟

腕を組み、彼の言葉を頭から追い出す。つまり手紙はちゃんと届いていたのかもしれないが、エイジャックスが目にする前に破棄されたということだ。

「でも私の場合は、脅しじゃなくて事実を伝えているだけだった。皮肉じゃない？」

エイジャックスは歯を食いしばった。「それ以外にも、僕に伝えようとしたことはあったのか？」

エリンはうなずいた。「あなたのオフィスまで会いに行ったわ。あの子が生まれる少し前にね。でも、受付で名乗りもしないうちに痛みを感じて……陣痛が始まってしまったの」

エイジャックスの顔が青ざめた。「君が僕のオフィスで産気づいたというのに、僕は何も知らずにいたのか？」

エリンは唾をのみ込んで首を縦に振った。エイジャックスのいまの顔つきが、どういう感情の表れなのかまるでわからなかった。

だがすぐに、彼は無表情になって言った。「何も知らなくてすまなかった。うちのスタッフは誰も、君の様子に気づかなかったのか?」

「あの人たちのせいじゃないわ。私、だぶっとしたコートを着ていたから、妊婦だとすぐにわかるわけじゃなかったの。それに……わかってもらいたいんだけど、出産してからは娘の世話で手いっぱいで、あなたに知らせることは、やることとリストの中でも優先順位が低くなっていた。だから、手紙を送って以降はあなたに連絡しようとしていないわ」

「じゃあ、次はいつ連絡するつもりだったんだ? 来年か?」エイジャックスの声は辛辣だった。

「いいえ。そのうちにするつもりだったわ」

三カ月ほど前、エリンはもう一度、エイジャックスに連絡を試みる気になっていた。だが、新聞の社交欄に彼の写真が載っているのをたまたま目にしてしまった。彼はとあるイベントで、美しい女性と一緒にいた。そのときエリンの中で、彼に連絡しようという気持ちは消えてしまった。嫉妬していたなんて認めたくない。でも、彼の言葉が本当だとしたら、彼はあの女性とは寝ていないのだ……。

ぐるぐると回るエリンの思考に、彼の声が切り込んできた。「そうか。じゃあ今日は、ちょうどよい機会になったというわけだな」

「そういう見方もできるわね」

エイジャックスは不満げな声を出してから言った。

「僕は王族じゃないんだよ、エリン。連絡を取るのはそこまで難しくない。それに君は僕にとって、見ず知らずの他人というわけでもないんだし」

「そうね。でもあなた、あのときはっきり示したじゃない……これ以上は関わりたくないって」

彼に拒絶されたときのことを思い出すと、いまも同じくらい胸が痛む。彼はこう言ったのだ。〝間違いだったよ。もう二度とこんなことはしない〟

「それは、君が身ごもっているなんて知らなかったからだ」

「私はあなたが手紙を受け取ったと思っていたのよ。手紙を読んだうえで、娘には興味ないんだって」

「自分の子供のことは知りたいに決まっているだろう。僕の心は石でできているわけじゃないんだ」

「聞いて。これまであなたが知らずにいたことは申し訳なかったわ。なんとかしてあなたに知らせるべきだった。でも本当のことを言うと――これまでそうしなかったのは、単にあなたに連絡が取りづらかったからだけじゃないの」

彼は眉根を寄せた。「どういうことだ?」

エリンは唾をのみ込んでから言った。「私がまだ幼かったころ、母は父と私を捨てたの。家を出ていったのよ。それ以来、母とはときどきしか会っていないわ。手紙を出してなんの反応もなかったとき、私、あなたがアシュリングを拒絶しているんだと思った。だから、それ以上連絡を試みようとは思えなくなったの。そうするべきだったのはわかるけど……でも、私が母にされたみたいに、娘が拒絶されるのはいやだった。それに」エリンは続けた。「あなたの過去のこともあるし」

突然、空気が緊張感に満ちた。エイジャックスは言った。「なんのことだ?」

「亡くなったあなたの奥さんと息子さんのことよ。私、思ったの。過去に起きたことのせいで、あなたはもう子供を持つ気はないんじゃないかって」

エイジャックスは信じられないという顔をした。「過去に何が起きたにせよ、僕には知る権利がある。思いがけず子供ができることは、自ら進んで家庭を築くこととは別だ」

彼の言葉は、拳で殴られたような衝撃をエリンに与えた。ほんの短いあいだ、私と彼は情熱を分かち合った。でもそれだけのこと。いっときの気の迷いだ。エイジャックスのような男性は、進んで私のような女性と子供をつくったりしない。彼はギリシアの由緒ある家の生まれだ。一方、私は移民二世の子供で、父も母も、家族の中で初めて大学に進んだ人間だった。

エリンは顎をきっと上げた。「ええ。確かにあなたには知る権利があったわ。だからいま、どういうことだったのか説明したでしょう。あなたは赤ちゃんと過ごすのがどんな感じだったか覚えている？過去のことに触れて悪いけど……」

エイジャックスは体をこわばらせて手を上げた。

「だったら触れないでくれ」

エリンは口を閉じた。

息子の話を持ち出されたせいで、エイジャックスの体はまだこわばっていた。エリンの質問は、彼の脳裏にたくさんの記憶や光景をよみがえらせた。息子を抱いて階段を上り下りしたり、ベッドに寝かせたりしたときの感触。小さな赤ん坊の存在はまさに奇跡であり、その奇跡にどれほど心が打ち震えたか。

過去の記憶を振り払うかのように、エイジャックスはかぶりを振った。いまの瞬間に意識を集中させなければならない。僕に娘ができたのだ。どうしてこんなことになったのか、そしてこれからどうするべきかを考えなければ。

「僕たちは避妊具を使ったはずだ」思わず責めるような口調になっていた。

「わかっているわ……どうやら失敗したみたいね。私だって予想外だったのよ。信じて」

「君が働いているあいだ、誰が赤ん坊の面倒を見ているんだ？」

その質問に怒りを覚えたかのように、エリンの目が光った。「父がときどき面倒を見てくれているわ。今日もそうだったの。そうでないときは、職場から通りを挟んだところにある託児所に預けている」

「君のお父さんはいくつだ？」

「六十八歳よ」エイジャックスのいぶかしげな顔を見て、エリンは言い訳がましく言った。「父は肉体的にも精神的にも健康そのものよ」

「子供の面倒を見るのに理想的とは言えない」

「わかっているわ。でもこれが精いっぱいなの。私、いまはパートタイムで働いているから」

「僕が支えてあげられたのに」

「あなたは以前、私を責めたじゃない。あなたの気を引くために駆け引きをしているって。私はちゃんと面倒を見られるわよ。自分のことも、娘のことも」

「だが、僕の娘でもあるんだよ」


そのとき突然、外でサイレンが鳴り響き、エイジャックスは何かを思い出したようだった。彼は腕時計を見て小声で毒づき、エリンを見た。

「もう行かないと。今夜はビジネスディナーがあるんだ。でも、まだ話は終わっていない」

「都合のいいときにまた会いましょう」

エイジャックスは手を出した。「携帯電話を貸してくれ」

エリンは無言で、椅子の上のバッグから携帯電話を取り出し、ロックを解除して彼に渡した。数秒して、彼はそれをエリンに返した。

「僕の携帯電話の番号を登録した。君の番号をメッセージで送ってくれ。連絡するよ」

「ミスター・ニコラウがお会いになるそうです」

エリンは深呼吸して立ち上がった。エイジャックスの弁護士チームとともに働いた場所に、再び自分がいるのは妙な感じがした。そして、もっと上の階では彼と……。

いまは思い出しちゃだめ。

スーツのジャケットを整え、シルクのブラウスから埃《ほこり》を払うような仕草をした。ブラウスの裾は細身のスラックスにたくし込んでいる。これ以上ないほどかっちりとした服装だ。とはいえ、内心は震えていた。ブリーフケースの中には書類しか入っていないのに、一トンもありそうなほど重く感じられる。

エイジャックスのアシスタントの女性がオフィスの入り口のドアを開け、エリンが入れるよう後ろへ下がった。彼女はエリンに決まりきった挨拶だけして、中で少し待つように言った。

中に入ると、エリンはしばしのあいだ周囲を見回した。ここがどれほど広いかをすっかり忘れていた。そして一番奥のほう――巨大なデスクの近くにエイジャックスの姿が見えた。彼は、マンハッタンのダウンタウンを一望する窓の前に立っていた。

彼はシャツと黒のスラックスという出《い》で立《だ》ちだった。ネクタイはつけておらず、シャツの袖をまくり上げている。彼は仕事に全力投球することを好む。エリンは初めて会ったときから、彼のそういうところにも魅了されてきた。実務は全て部下に任せてもいいはずなのに、彼は交渉の細かいところまで把握しておこうとするのだ。

そのことを思い出したいま、エリンは恐ろしくなった。娘についても、エイジャックスは同じ姿勢で取り組むつもりだろうか。彼がアパートメントにやってきてから一週間がたつ。おととい、彼は簡潔なメッセージを送ってきて、オフィスに来られる時間帯を教えてくれと言ってきた。そして今日、エリンはここへやってきた。

エイジャックスの後ろで、夕日のまばゆい光が街を染めていく。だが、エリンは彼の姿――背が高く、圧倒的な存在感を放つ彼の姿しか目に入らなかった。

「こちらへ」

エリンは高価なカーペットが敷かれた床を進み、デスクの前までやってきた。エイジャックスはこれ以上ないほどいかめしく、よそよそしく見えた。

沈黙が流れ、緊張感が漂う。だが、エリンは彼が口を開くまで何も言うつもりはなかった。

ついに彼が口を開いた。「今日は誰が赤ん坊を見ているんだい？」

赤ん坊。

エリンは頭にきた。「赤ん坊の名前はアシュリングよ。いまは父と一緒にいるわ」

「一週間前までは、聞いたこともない名前だった」

「アイルランドの名前なの。夢を意味するのよ」

エイジャックスはそれを聞いて、特に感心したわけでもなさそうだった。そして、礼儀を思い出したかのように言った。「何か飲むかい？　水かコーヒーは？」

エリンの喉が突然渇いた。「水をお願いできるかしら」

エリンは彼がデスクの向こうから回ってきて、飲み物をしまっているガラス棚の前へと移動するのを見ていた。彼はグラスに水を注《つ》いで戻ってきた。エリンは彼と肌が触れるのが怖くて、できるだけすばやく受け取った。

彼女は一口水をすすった。エイジャックスはデスクの向こう側に戻った。

彼が手を差し出した。「どうぞ座ってくれ」

エリンはかぶりを振った。「立ったままで平気よ」そして、緊張で神経がおかしくなる前に切り出した。「あなたの計画は？」

一週間もあったのだ。彼は娘がいるという事実を受け入れ、じっくり考え、弁護士たちにも相談しただろう。それはわかっている。

エイジャックスの顎がぴくっと引きつった。「僕の計画は、今後について君と相談することだ」

エリンは唾をのみ込んだ。彼の声はそっけなく、怒っているように聞こえる。それも仕方がない。

「謝ってすむことじゃないけど、悪かったと思っているわ。あなたがあんなふうに事実を知るはめになったこと。もっと早くあなたに伝えられなかったことも」

「過去を蒸し返しても仕方がない。僕らはこれからのことを考えるべきだ」

エリンの胸が締めつけられた。エイジャックスは友好的な態度を示す気もないらしい。でも彼を責められない。とにかく、こういう状況になってしまったのだから、最善の方法で対処しなくては。

「あなたの言うとおりよ。だから私、そのために文書を作成してきたの。見てもらえるかしら？」

エイジャックスは目の前にいる女性に意識を集中させた。彼女は前かがみになって、ブリーフケースから書類の束を取り出している。彼女の瞳を見つめていなくてよかったと思った。いくつもの色を帯びる魅惑的な瞳を見ていたら、僕は集中できなくなって、いま何が起きているのかも忘れてしまう。娘の存在を隠すという、彼女の背徳行為すらも。

彼女はいま、エイジャックスを見つめ、書類の束を突き出していた。彼は困惑しつつ受け取った。ちらりと目をやると、表紙にはこう書かれていた。

『エイジャックス・ニコラウとエリン・マーフィーの、子供の養育と面会に関する同意書』

エリンは言った。「まずは、あなたが実父だと証明するためのDNA検査が必要だわ」

エイジャックスは書類を置いた。「あの子が僕の娘であることは明らかだ」

「そうだけど、あなたのためなのよ。彼女が実の娘だっていう証拠がなければ、あなたは親権も養育権も求めることはできないわ」

「しかも、その証拠とやらがなければ、君からも僕に援助を要求できないのかな？」

エリンの顔が赤くなった。「要求じゃないわよ。あの子にはほかの子と同じように、父親に生活を支えてもらう権利があるわ。とはいえ私一人の収入でも、娘とちゃんと生活していける――」

「パートタイムの弁護士の給料でか？」

彼女の顔がさらに赤くなった。「資金はあるの」

エイジャックスは片眉を吊《つ》り上げた。

エリンはためらいがちに切り出した。「私が十八歳になるまで、母が毎月送金してくれていたの。私は全部貯《た》めていたわ。本当に必要になるまで手をつけるつもりはなかった。それに、住んでいるアパートメントは自分のものなの。だから私、正当な額の養育費しか求めるつもりはない。あとは養育と面会について、ある程度の基本ルールを定めたいの」

「弁護士たちとじっくり目を通させてもらうよ」

「もちろんそうして。きっと、理にかなった内容だと思うはずよ」

彼は興味を覚えた。「おおまかに教えてもらえないか。君が考えてきた内容について」

「あなたが実父だと確定したら、養育費の支払いについて取り決めをしたいと思っているの。支払いの期間は、あの子が大学に行くかどうかによるけど、行くとしたら卒業するまでの間よ」

「続けてくれ」

「あの子は私と一緒に暮らす。私が主たる保育者になるわ。でも、あなたは定期的に面会ができるし、話し合いのうえで休暇も一緒に過ごせる。あなたはギリシアに家族がいるんでしょう。私、娘にはあなたとも、あなたの家族とも関わってほしいの。父も母も一人っ子で、私にはおじもおばもいとこもいないから」

エイジャックスは向きを変えて窓辺に近づき、マンハッタンの景色を見るともなしに見た。彼にはたくさんのおじやおばやいとこがいるが、彼らは命の宿っていない銅像も同然だった。というのも、彼らから思いやりや愛情を受け取ったことがないからだ。年に一度の親族の集まりでは、みんな張り合ってばかりいた。だから、それは楽しい団欒《だんらん》というよりも、サバイバルゲームに近かった。育まれたのは友愛の心ではなく競争心だった。

エリンはそんなこと、想像もしていないだろう。僕の家族がどんな人たちなのか、彼女は知る由もない。僕は王族じゃない、と以前エリンに言った。だが多くの面で――とりわけ結婚や血筋へのこだわりに関していえば、僕の家族は王族のようにふるまっている。

エリンがエイジャックスの背後から言った。「一つ、絶対に譲れないことがあるわ。もしあなたが、娘と関係を育むつもりがないなら――心がこもった交流をして、本物の人間関係を築くつもりがないなら、経済的な援助だけをして、あとは関わらないでほしいの。私は一貫性のない姿勢を受け入れるつもりはないわ。そういうのって卑怯《ひきょう》だから。子供と関わるか、関わらないかのどちらかよ」

心がこもった交流。

僕がテオとしていたような交流。

愛を知らなかったエイジャックスにとって、幼い子供との暮らしは未知の領域だった。心に壁をつくろうとするころには、もう手遅れだった。彼は息子を愛してしまっていた。テオへの愛情によってエイジャックスの心はこじ開けられ、無防備な状態になってしまったのだ。

あれが愛というものだったのだとしたら、家族が何世代にもわたって政略結婚を繰り返し、子供と距離を置いてきた理由が、いまはわかる気がした。なぜならテオを失ったとき、僕はずたずたになってしまったから。

そしていま、僕は再びずたずたにされる可能性に直面している。娘は悲劇的な事故にあうことはないかもしれない。エイジャックスは直感でわかっていた。亡くなった妻と違ってエリンは献身的な母親であり、子供を危険から守るために力を尽くすと。だがそうであっても、娘が災いと無縁でいられる保証はない。

娘と関係を築いて、毎日、彼女を失う恐怖におびえて過ごすことを考えると、エイジャックスは膝からくずおれそうになった。

無理だ。誰かをたまらなく愛《いと》しく思い、最後には、まるで罰のようにその人を奪い取られてしまう――あんな経験はもう二度としたくない。一週間前に見た娘の姿を思い出す。そばにいたらあの子を愛してしまう。かわいがって、守ろうとしてしまう。

僕がそばにいないほうが、あの子は幸せでいられる。恐怖でがんじがらめになっている父親などいないほうがいい。テオのことがあってから、エイジャックスは、もうあんな苦しみには耐えられないことがわかっていた。だからこそ、二度と家族を持たないと心に誓っていたのだ。

「エイジャックス？」

エイジャックスはパニックと恐怖を抑え込んだ。そして、窓に映る自分自身に向かって言った。「僕は息子を失った。もうあんな思いは二度としたくない」

「でも――」

彼は振り返った。「それについては話し合いの余地はない」

エリンは口を閉じた。エイジャックスの表情を見て、いまは問いただすべきではないと気づいたようだ。

　彼女はかがんで、ブリーフケースからふくらんだ小さな封筒を取り出し、彼のデスクに置いた。

「遺伝子検査キットよ。口の中を拭って容器に入れて、私のかかりつけ医に送ってくれるかしら。必要なことはそこに書いてあるわ。アシュリングのDNAサンプルはもうあるから、血縁関係が証明されれば、あなたはあの子の法律上の父親になるわ」

　エイジャックスはデスクのほうへ近づいた。胸がずしりと重い。

「つまりあなたは……娘と関わりたくないって言いたいのね？」

　彼は心を引き締めてエリンを見つめ、はっきり言った。「そういうことだ」

3

「ばーばーば……」

　エリンはアシュリングに向かってほほ笑んだ。アシュリングは、バスタブの中で体を洗ってもらいながら、嬉《うれ》しそうな声を出して何やらエリンに話しかけている。彼女は水が好きなのだ。

　アシュリングが小さなプラスチックのあひるを、水面から空中に向かって飛ばした。エリンはそれを手で受け止め、アシュリングに渡した。頭の中ではずっと、このあいだエイジャックスが言ったことを考え続けていた。

　彼は娘と関わるつもりはない。

　エリンは罪悪感を覚えた。私は性急にことを進めすぎたのかしら？　彼を追いつめて、娘を拒絶するほかないと思わせてしまったの？

　息子を亡くしたことは、エイジャックスに大きな影響を及ぼしたようだ。それは理解できる。私だって、アシュリングに何かあったらと考えるだけで、恐怖でめまいがしてしまう。でも恐怖心があるからって、子供と関わることを拒否するなんて理解できない。

　たぶん、息子を失った悲しみだけが理由ではないのだろう。エイジャックスはきっと、本心から子供は欲しくないと気づいたに違いない。それに結局のところ、アシュリングは計画してつくった子供ではないのだし。

　エリンはバスタブからアシュリングを抱え上げ、体を拭いて寝間着を着せた。そしてミルクを与えた。今日の午後はずっと、エリンの父も一緒に公園で過ごした。アシュリングは遊び疲れたらしく、ほとんどいやがることなくベッドに入り、眠りに落ちた。

　娘のふっくらした頬を撫《な》でてから、エリンは子供部屋を出た。

　エイジャックスが娘と関わるのを拒否したことを、父には打ち明けられなかった。父は、エイジャックスが娘の存在を知ったことを素直に喜んでいた。

　エリンはエイジャックスの反応にひどく失望していたが、心の奥底ではあまり驚いてはいなかった。この世には子供を切り捨てる親がいることを、身をもって知っているからだ。

　エリンの母は家を出ることで、娘だけでなく夫も捨てた。以前、父はエリンにこう言った。父さんは家庭を持ちたかったが、母さんは違っていたのだ、と。母がエリンを身ごもったとき、父は幸せな家庭を築きたいと願った。だがそんな願いもむなしく、彼の妻は――高い水準の学問を修めた優秀な妻は、家庭生活に窮屈さを覚えるようになった。彼女のそんな姿を、彼は絶望しながら見つめていた。

最終的に、彼女は家を出ていった。母親や妻でいることよりも、自分自身と学問の世界での出世を優先したのだ。そして母のその行動は、エリンの中に深い傷を残した。

母のように子供を見捨てることができる男性を、無意識のうちに選んでいたのだとしたら、こんなに残酷なことはあるだろうか？

午前中に遺伝子検査の結果が届き、わかりきっていた事実が確定した。エイジャックス・ニコラウはアシュリングの父親だ。エイジャックスも、すでに結果を受け取ったはずだ。それなのになんの連絡もないということは、彼の気持ちはまったく変わらなかったのだろう。

翌朝、エリンは娘の声ではなく、ナイトテーブルに置いた携帯電話の着信音で目を覚ました。時計に目をやると、まだ朝早かった。携帯電話の画面にエイジャックスと表示されているのを見て、あっという間に目が覚め、体を起こした。

「もしもし？」

挨拶も前置きもなく、エイジャックスは言った。

「問題が起きた。話をしたいんだが、赤ん坊を誰かに預かってもらえるか？　一時間後に迎えの車をよこすよ」

エリンは彼の言っていることをのみ込むのに時間がかかったが、ありがたいことに、父は近所に住んでいる。しかも早起きだ。

「ええ、大丈夫だと思うけど。もし何か――」

だが、エイジャックスはすでに電話を切ってしまっていた。エリンは仰天して携帯電話を見つめた。なんて無礼なのかしら。

一時間後、エリンの父はアシュリングをベビーカーに乗せて、エリンのアパートメントの正面入り口から出ていった。エリンはあとでね、と声をかけたあと、縁石のそばで待機している黒塗りのSUVへと慌てて向かった。運転手は後部座席のドアを開けてくれていて、エリンが近づくとこう言った。「おはようございます、ミス・マーフィー。すぐにミスター・ニコラウのもとへお連れします」

この時間のマンハッタンの通りは、比較的静かだった。エリンは思った。こんなに急に会いたいと言ってくるなんて、いったい何があったのかしら。

エイジャックスが所有するビルの前で車がとまった。エリンは車を降りた。彼のアシスタントがエリンをエレベーターの中へと促した。二人が情熱の火を燃え上がらせたエレベーターだ。エリンの頬が赤く染まったが、ありがたいことにアシスタントはこちらを見ていなかった。

エレベーターのドアが開き、エイジャックスのアパートメントに到着した。洗練された空間に朝の光が満ちている。生活感がないのは以前と同じだった。

エイジャックスが姿を現した。黒いスラックスと明るい色のシャツに身を包み、シャツの上のボタンは外している。髪は手でかき上げたかのようにやや乱れ、顎には無精ひげが生えている。

「僕のほうから会いに行けず、すまなかった。電話の応対で忙しくて。それに先手を打つために、できるだけ早く君と話さなければならなかったから」

「先手を打つって……なんのこと？」

「来てくれ」エイジャックスはくるりと向きを変えた。「コーヒーはどう？　何か食べるものは？」

「コーヒーがいいわ」

別のアシスタントが、すぐにコーヒーを持ってくると言った。エイジャックスは廊下を進んでいった。

エリンは急いで彼のあとを追った。寝室のドアは、意識して目に入れないようにした。

気がついたら、広い角部屋にいた。自宅オフィスらしい。棚には本が並び、パソコンが何台も設置され、画面にはさまざまな画像や情報が映し出されている。

アシスタントが持ってきてくれたコーヒーを、エリンはありがたく受け取り、部屋のドアを閉めた。

エリンは自分の服装が砕けすぎている気がした。アシュリングを起こす前にさっとシャワーを浴びて、スウェットパンツをはいて揃《そろ》いのトップスをはおっただけだ。

パソコンの画面を見ていたエイジャックスが立ち上がった。「これを見てくれ」

エリンは彼の表情を見て不安を覚えた。テーブルにコーヒーカップを置くと、デスクの向こう側へ移動してエイジャックスの隣に立った。

少ししてからやっと、自分が目にしているものが理解できた。画面には、ショッキングな見出しがいくつも並んでいた。

もっと近くで見ようと身をかがめ、口に手を当てる。ベビーカーにアシュリングを乗せて歩くエリンの姿が映っている。昨日、公園から戻ってきたときに撮られた写真のようだ。別れ際に、父の頬にキスをしている写真まである。

記事の見出しはさまざまだった。〈ニコラウのベビーの母親はいったい誰？〉〈悲劇のニコラウ家にベビー誕生！〉〈再び訪れた幸運！〉〈ニコラウは彼女にプロポーズするのか？〉

エリンは背筋を伸ばした。「これは……何？」

エイジャックスは、表情と同じくらい険しい声で言った。「僕の部下の誰かが、私欲のために情報をマスコミに売った結果だよ」

エリンは後ずさり、背中が固いものにぶつかった。写真や見出しから離れたくて、デスクの反対側へ移動する。

エイジャックスはエリンのそばにやってきて、腕をつかんだ。「座ってくれ」

エリンは座った。足に力が入らなかった。エイジャックスから水の入ったグラスを渡されたので、一口飲んでグラスを置き、頭を働かせようとした。彼は早足で、部屋の中を行ったり来たりした。

「こんなこと、考えもしなかったわ……世間に、あなたと赤ん坊のことが知られてしまうなんて……でも、いつかは知られてしまうことだったのよね」

永遠に知られないままだったかもしれないじゃない。エリンは自分をいさめた。

エイジャックスはアシュリングとは関わらないと言った。もしかしたら彼は、彼女の父親であることすら否定するつもりだったのかもしれない。有名人ならよくあることだ。子供の認知を巡って泥沼の争いが繰り広げられ……。

「エリン?」

エイジャックスに見つめられていることに気づき、エリンは言った。「え? なんて言ったの?」

「すまないと言ったんだ。こんな形で公にするつもりはなかった。もっと目立たない方法で公表して、君とあの子を好奇の目から守るつもりだった」

いまだに娘の名を口にはしないものの、彼は娘を認知するつもりだったのだ。エリンはその事実に安堵《あんど》を覚えるとともに、記事の見出しを見たときと同じくらい動揺した。

彼は続けた。「だが公になってしまった以上、騒ぎを鎮めるのは山火事を消すぐらい難しい。きっといまごろ、ありとあらゆる報道局が君の経歴を調べているだろう」

エリンは肩をすくめた。「たいして面白いことは見つからないと思うけど」

これまでの人生で最も無鉄砲なふるまいは、あのときのエレベーターでの行為だ。また頬が熱くなってくる。エリンは慌ててもう一口水を飲んだ。

「君はマスコミに追い回されることになる。アパートメントを出て、どこか別の場所へ行かなければ」

「そんなことできないわ。私たちに必要なものは全てここにあるの。父もすぐ近くに住んでいるし」

「君のお父さんも、マスコミの標的になるのを避けられない」

「父は高等数学の教授なの。マスコミはすぐに興味をなくすわ。一日か二日身を潜めていれば、騒ぎも収まるんじゃないかしら」

彼はかぶりを振った。「数日じゃ収まらない。今後はパパラッチも、もっとおおっぴらにカメラを構えるだろう。きっといまごろ、君のアパートメントのまわりに集まっているはずだ」

そんなふうに注目を浴びることを考えると、エリンはぞっとして震えた。

「それに、関心の的になるのは君だけじゃない。赤ん坊もだ」

エリンの背筋を冷たいものが走った。「どういう意味？」

「僕の子供だとばれてしまったいま、彼女はターゲットなんだ」

「なぜなの？」

エリンは尋ねたものの、頭ではわかっていた。アシュリングは、世界で最も裕福な男の娘なのだ。

エイジャックスは再び部屋の中を歩き回り、もうほとんど自分に向かって話していた。「もっと時間があれば、君たちを守るための手はずを整えられたんだが、いまは……」彼は振り返った。「僕はこれからギリシアへ出発し、向こうに一カ月滞在しなければならない。仕事と社交イベントがあるんだ」

エリンは顔をしかめた。「なんで私に言うの？」

「マスコミの騒ぎを鎮め、君たちの安全を確保するための解決策が一つしかないからだ。君と赤ん坊には、僕と一緒にギリシアへ行ってもらう」

4

　陽《ひ》の光を浴びてきらめく島におりていくとき、景色がかげろうで揺らめくのがエリンにはわかった。その島は、エーゲ海に宝石のように連なるキクラデス諸島の一つだった。

　濃い緑色の森林と、ターコイズブルーの火山湖があちらこちらに見える。丘の上には集落があり、海へ近づくにつれて、特徴的な白と青の家が増えていく。そして島全体を濃淡の豊かな美しい海が囲っている。

　アシュリングはエリンの腕の中で眠っていた。飛行機に乗るのは初めてだったが、ずっとおとなしくしてくれていた。電話をかけたり、アシスタントと話したりしているエイジャックスの声が背後から聞こえてくる。

　マスコミから逃れるためにギリシアへ行くというエイジャックスの案を、エリンは最初、拒否しようとした。だが、アパートメントの外に大勢の取材陣が集まっているのを見ると、彼に従わざるを得なくなった。何よりもエリンを動揺させたのは、アシュリングがメディアの注目の的になるかもしれないこと――さらには、誘拐の標的になるかもしれないことだった。

　週末だったがなんとか上司に連絡を取り、家の事情でしばらく仕事を休むと申し出た。そして、いつ復帰するかも未定だと伝えた。二週間以上休むと減給されてしまうが、業務に関して言えば、エリンはパートタイムで働いているため、休んでもたいして支障が出るわけではない。

　父が荷造りの手伝いに来てくれた。準備ができるとエイジャックスの運転手に迎えに来てもらい、取材陣を巻くためにアパートメントの裏口から出発した。朝にエイジャックスの電話を受けてから飛行機に乗り込むまで、数時間しかたっていなかった。

少なくとも、スウェットパンツから別の服に着替える時間はあった。いまのエリンは色落ちしたジーンズと、ゆったりしたリネンのブラウスという出《い》で立《た》ちで、足元はスニーカーだ。アシュリングに必要なものを忘れてはならないと、そのことにばかり意識を集中させていたので、自分の荷物についてはあまり考えずに詰めてきてしまった。

客室乗務員がやってきて、着陸に備えるよう告げた。エリンはアシュリングを起こすことなくシートベルトを締めた。食事も与えたし寝間着も着せた。ヴィラに着いたらもう一度眠ってくれればいいのだが。ニューヨーク時間では、いまはまだ夜だから。

エイジャックスによれば、二人が滞在する部屋をちゃんと整えるよう指示してあるし、アシュリングに必要なものも全て用意させるとのことだった。

出発したときからずっと、エイジャックスはエリンとアシュリングが快適に過ごせるようにしてくれた。だが、彼自身は決して二人の近くには来ようとしなかった。エリンは、エイジャックスなりの〝関わらない〟やり方が、どういうものなのか理解し始めていた。

機体が地上に降り立ち、アシュリングはぱっと目を開けた。いままでずっとおとなしかったぶん、機嫌を悪くして泣き始めるだろう。長い一日だった。

着陸灯が消えるとエイジャックスがやってきた。彼はスーツのジャケットをはおり、いら立たしいほどさっぱりとした姿だった。

エリンはアシュリングを抱いて立ち上がった。

エイジャックスが尋ねた。「大丈夫かい？　その子の様子は？」

エリンはエイジャックスが、アシュリングをまともに見ようともしないことに気づいた。

「すごくいい子にしていたわ。でも、疲れただろうからこれからぐずり始めると思う。ヴィラまではどれぐらい時間がかかるの？」

「十五分ぐらいだ。我慢できそうかな」

「大丈夫よ」

機外へ出た瞬間、熱風が壁のように体に打ちつけてきた。まるでここが祖先の地だと気づいたかのように、アシュリングは頭を起こした。

入国審査官らしき人たちがエイジャックスを出迎え、書類を確認しているのが目に入った。

アシスタントの一人がエリンを流線型のシルバーのSUVに案内し、後部座席のドアを開けてくれた。アシュリングのためのチャイルドシートがすでに取りつけてあった。エリンはアシュリングをシートに乗せてベルトを締め、歯固め用のおもちゃを渡した。

反対側から乗り込み、チャイルドシートの隣に腰を落ち着ける。

運転手が現れず、エイジャックスがアシスタントや役人たちから離れて、車に早足で向かってくるのを見たとき、エリンは彼が運転するのだとわかった。彼はジャケットを脱いで車に乗り込んだ。エリンは彼の広い肩に視線を這《は》わせずにはいられなかった。

彼の右の後ろに座っているので、バックミラーに映る彼の瞳が見える。

あっという間にものすごい距離を移動してきたことを実感し、頭が少しくらくらするなかエリンは尋ねた。「ヴィラはご家族のおうちなの？」

小さな飛行場をあとにし、道路を進みながらエイジャックスは首を振った。「いや。何年も前に僕が買ったんだ。自分用にね」

「あなたはどこで育ったの？」

「おもにアテネだ。寄宿学校にいないときはね。最初はイギリスで、その次にはスイスの学校へ入ったから」

「寄宿学校に入ったのはいくつのとき？」

「八歳だ」

「まだ小さかったのね」アシュリングを八歳でどこかへ送り出すなんて、エリンには想像もできなかった。

エイジャックスは軽く肩をすくめた。「兄がすでに入っていたんだ」

「お兄さまとは仲がよかったの？」

エリンはバックミラーに映るエイジャックスの目を見た。彼は眉根を寄せて、前の道路を見つめている。「イエスでもあり、ノーでもある。両親は僕らに、協力ではなく競争するよう促したから」

「ご両親は健在なの？」

「ああ。いまはアテネにいる。うちの家族は島をいくつか所有しているから、両親は好きな島を選んで休暇を過ごしたり、親族の集まりを開いたりするんだ。あるいは、世界中に所有している家のどこかに滞在することもある」

「親族の集まりは頻繁にあるの？」

「数週間後に一つある」

エイジャックスはバックミラーでエリンと目が合わないようにしていた。

「ばーばーば……」

窓の外の青空を指さしているアシュリングを見て、エリンはほほ笑んだ。

そのとき、うなじがぞくっとして顔を上げると、エイジャックスがバックミラー越しにアシュリングを見つめていた。エリンの体が急に温かくなってうずいた。肌が粟立《あわだ》つ。エリンが目をそらせずにいると、ついに彼のほうがそらした。

村に近づいているのか、道路沿いに家々が現れた。鮮やかな赤とピンクのブーゲンビリアが、屋根や壁からあふれるように咲いている。朝のこの時間は静かだった。小さなライトの連なりが、扉や建物の間に吊《つる》されている。エリンはライトアップされた夜の景色を想像した。すごくすてきだわ。

車は村をまっすぐに通り抜けると、角を曲がって細い道へ入った。その道を進んでいくと再び視界が開け、壁に挟まれた鉄の門が現れた。

警備小屋から男性が出てきた。

「おはよう《カリメラ》」エイジャックスが男性に声をかけて少し言葉を交わすと、すぐに門が開き、車は広い私道を進んでいった。

エリンの目に緑色の芝生が映った。車がカーブを曲がると、彼女は思わず息をのんだ。噴水のある広大な中庭、そして二階建てのヴィラが現れたのだ。

風雨にさらされた淡い色の石でできたヴィラは、まるで朝日に溶け込むようだった。大きな建物だが、温かく素朴な雰囲気だ。エリンはなんとなく、もっと現代的な建物を想像していた。角が尖《とが》った、真っ白い建物を。

この美しいヴィラには、思わず足を踏み入れたくなるような温かみがあるわ。エリンの胸が締めつけられた。まるでこの場所の存在を、心のどこかでずっと知っていたかのようだった。

エイジャックスが車のドアを開けた。車を降りてこの場所を踏みしめてしまったら、人生が、そして自分が永遠に変わってしまうような、そんな気持ちにエリンは一瞬襲われた。ばかばかしいわ。そう思い直し、エイジャックスと目を合わせないようにして車を降りた。この場所に心を動かされていることを、彼に気づかれたくなかった。

そよ風が吹いて、海や野草や花の香りがふんわりと漂ってくる。

アシュリングが車の中で泣き声をあげた。エリンは慌てて反対側へ回り、アシュリングを抱き上げた。

そのとき、大きな正面玄関のドアの向こうから、笑みを浮かべた女性が現れた。黒ずくめで、エプロンで手を拭っている。

女性は早口のギリシア語でエイジャックスを迎え、エイジャックスは女性にほほ笑みかけた。エリンの胸がますます締めつけられた。彼が笑っているのを見たのは、最後にベッドをともにしたとき以来だった。そして、それが自分にとっておおごとであることに、いら立ちを覚えた。

エイジャックスはエリンを見た。「こちらは家政婦のアガサだ。彼女はご主人と一緒にここの敷地内に住んでいる。ご主人も管理人をしてくれている」

エリンははにかみつつ首を縦に振った。そしてエリンが驚いたことに、アガサは近寄ってきてアシュリングに腕を差し出した。アガサを前から知っているかのように、アシュリングは自分から彼女の腕に移動した。

「ミルクを飲ませます。おむつも替えたほうがいいかしら？」

エリンはアガサが英語を話すことに驚いた。「ええと、大丈夫よ。というか――」

だがアガサは、すでにアシュリングを抱いてヴィラの中へ入ろうとしていた。

エリンは唖然《あぜん》とした。「飲ませるミルクは決まっているのよ」

「必要なものは全部手配したよ。僕のアシスタントにリストを渡してくれただろう？」

「でも、飛行機の中でよ」

「彼女が電話して準備させたんだ。アガサは子供が六人いるから大丈夫だ」エイジャックスは続けた。「案内するよ」

エリンはエイジャックスのあとについてヴィラの横側へ移動し、階段を数段のぼった。そこは塀のあるテラスで、目の前には広大な芝生が広がっていた。

低木の茂みの向こうのプールが小さく見えている。光の速さで這い回るアシュリングには危険かもしれない。エリンがそう思い始めたとき、エイジャックスは、ヴィラと芝生を区切る柵を指さした。

「ここは安全だ……心配はいらない」

彼も同じことを考えていたとわかり、エリンは少しほっとした。

テラスのフレンチドアは、豪華な装飾が施された応接間へと続いていた。応接間を抜けると居間とダイニングルームが現れた。地下には、広くてきれいなキッチンとジムがあった。

一階に戻り、エイジャックスがもう一つの居間を案内してくれた。その部屋には、映画やテレビ番組を見るための大型スクリーンと音響機器が備えられていた。棚には本が並び、最新号の雑誌も揃《そろ》っている。

そして、二人は二階へ行った。エイジャックスはいくつもある来客用の寝室を示すと、廊下を進んでいった。あるドアの前で立ち止まると、廊下の突き当たりを指さした。「あそこが僕の寝室だ。ここは君と赤ん坊の寝室だよ」

赤ん坊じゃなくアシュリングよ、とエリンは言おうとしたが、彼がドアを開けてくれたので、部屋の中へ入った。そこは、これまで見たことがないほど美しい部屋だった。ふかふかのカーペットが敷かれ、温かみのあるオフホワイトの壁には金の縁取りが施されている。家具はシンプルながらも洗練されたものだ。大きな四柱式ベッドにはモスリンのカーテンがかけられ、四隅をシルクのタッセルが束ねている。誘いかけるような白いシーツを見ると、エリンは自分がどれほど疲れているか思い知った。

それに、おなかもすいている。そのとき、アシュリングを抱いたアガサがドア口に現れた。アシュリングは不満げな声を出してエリンのほうに体を傾けた。

エリンはアシュリングをしっかりと抱きしめた。アシュリングは清潔な香りがした。「ありがとう。着替えまでしてくれなくてもよかったのに」

「なんでもありませんよ。さあ、こちらへ来て子供部屋を見てください」

エリンはアガサのあとに続いて、隣接している部屋のドアから中へ入った。あっさりとした、飾りけのない部屋だった。高くて買えなかった円形のベビーベッドが置いてある。

アガサが言った。「部屋をしつらえる時間がなかったんですよ。でも、週の終わりまでにはできるはずです」

箱がいくつも置いてあることに、エリンは気づいた。中にはたくさんのものが入っているようだ。とはいえ、すでにおむつ交換台も、おむつ用のごみ箱もある。新しいおむつやベビークリームやおしり拭きもあるし、たんすの中には、アシュリングが全て着られないほどたくさんのベビー服が詰め込まれていた。

アガサはたんすの上のベビーモニターを指さした。「あなたのは寝室のベッドの脇に置いてあります。このモニターは敷地内ならどこでも電波を受信するので、赤ちゃんが泣いたらすぐにわかりますよ」

アガサがギリシア語でエイジャックスに何か言うと、彼はうなずいて答えた。「ありがとう《エフハリスト》」

アガサが出ていくと、彼はエリンのほうを向いた。「どうぞくつろいでくれ。アガサがテラスに君の朝食を用意してくれている。食事をとったあとは少し眠るといい。飛行機ではあまり休めなかっただろう？」

「ええ」

「僕はいくつか仕事を片づけないといけないんだ。夕食の前に迎えに来る。君が一休みしたあとにね」

「わかったわ。でも、別に私たちをもてなす必要はないのよ」

「たいしたことじゃない。あとで会おう」


夜になって部屋のドアがノックされたとき、エイジャックスが迎えに来るとわかっていたにもかかわらず、エリンは飛び上がった。みじめなことだが、彼に会えると思うと胸がどきどきしてしまうのだ。

ありがたいことに、きちんとした服をちゃんと持ってきていた。今夜はシンプルなシャツワンピースに革のベルトを締め、足元はヒールなしのサンダルをはいた。

化粧に関しては、色つきのリップクリーム以外は何もつけないことにした。髪も自然乾燥させたままにしている。エイジャックスとのディナーはデートではないからだ。

エリンはアシュリングが眠っているのをすばやく確認し、ベビーモニターの電源が二つとも入っているか確かめてから、一つを持ってドアへ向かった。深呼吸してからドアを開ける。そして、エイジャックスの姿が目に入った途端、その場でとろけそうになった。

彼は色あせたジーンズをはき、上は黒い半袖のポロシャツだった。エリンの目の前にはちょうど、ポロシャツの袖の下で盛り上がっている二の腕があった。

「準備はできたかい」

エリンはうなずき、ドアを閉めずにエイジャックスの隣に移動した。

「あの子は眠っているのか?」

エリンは首を縦に振って言った。「眠るまで少し時間がかかったの。あの子の体内時計はめちゃくちゃなのよ。午前中は私もあの子も数時間眠って、午後は庭で遊ばせたわ。できれば、夜明けまでぐっすり眠ってくれるといいんだけど」階段をおりながら、ちらりとエイジャックスに目をやる。「奥さんと息子さんも、よくここに来たの？」

　エイジャックスはかぶりを振った。一階に着くと、彼は進む方向を手で示した。「いや。ここに来たことはないよ」

　二人はテラスへ出た。夜のとばりがおり、キャンドルの火があたりを柔らかく照らしている。錬鉄製のテーブルには白いテーブルクロスがかけられ、金の縁取りが施された食器や銀のカトラリー、クリスタルのグラスが配置されていた。

　エイジャックスが引いてくれた椅子に、エリンは座った。エイジャックスも腰をおろした。

　若い女性がはにかみながら現れて、グラスに水を注《つ》いで立ち去った。

　彼は言った。「この島はうちの家族のものじゃない。だから、ここのほうがマスコミの目を逃れやすいんだ」

「ここは美しい場所だわ。奥さんと息子さんが一度も滞在できなかったのは残念ね」

　エイジャックスの顔からはなんの感情も読み取れなかった。「妻はアテネとか、サントリーニ島とかミコノス島で過ごすほうが好きだった。ここは、彼女には静かすぎただろう」

　さっきの女性が、今度はシンプルなサラダを運んできた。とても新鮮でおいしいサラダだった。

　エイジャックスは冷えた白ワインのボトルを持ち上げ、エリンを見た。エリンはうなずいた。彼はグラスにワインを注いでくれ、エリンは一口すすった。

　ワインが血液に流れ込むのがわかり、エリンはますます幻覚を見ているような気持ちになった。もうすぐ現実に戻るのかしら。目を覚ましたアシュリングの声と、外の鳴りやまないサイレンに起こされ、気がついたらアパートメントにいるのだろうか。

「おいしかったかい?」

エリンはからになった皿を見てから、エイジャックスに目をやり、片眉を吊り上げた。「料理を平らげる女性が珍しいの?」

辛辣な切り返しにもまったく動じていない様子で、彼はワインをゆっくり飲んだ。

女性がサラダの皿を下げてくれ、数分後にはメイン料理を持ってきた。

アガサが片づけに来たとき、エリンは言った。「おいしかったわ」

アガサはにっこりした。「私の祖母のレシピなんですよ。赤ちゃんの様子はどうですか?」

エリンはベビーモニターのほうに顎をしゃくった。アシュリングが動いたり、鼻を鳴らしたりするたびに光が点滅する。「ぐっすり眠っているみたい。ありがとう」

アガサがいなくなると、エイジャックスはワインのボトルを持って身を乗り出したが、エリンはグラスの上に手を置いた。

「もう結構よ。ありがとう」

エイジャックスは自分のグラスに半分ほどワインを注いだ。

エリンは気がついたら尋ねていた。「どれぐらい前のことだったの……その、奥さんと息子さんが亡くなったのは」

彼はボトルを置いた。「五年前だ」

「お気の毒に。どんなにつらかったか、私には想像もできないわ」

エイジャックスはエリンを見た。彼の瞳に悲しみが宿っているのを見て、エリンは思わず声をもらしそうになった。

「最悪の出来事だったよ」

エリンの胸が締めつけられた。同時に、後ろ暗い感情がみぞおちをうずかせるのがわかった。それは嫉妬のようなものだった。なぜなら、彼は妻をとても愛していたのだろうし、息子のことも拒絶しなかったのだから。

これ以上、陳腐な慰めの言葉は不要だと感じ、エリンは言った。「それで、これからの予定は？」

「僕は数日ここで仕事をする。君と赤ん坊が――」

「あの子の名前はアシュリングよ」エリンは口を挟んだ。

エイジャックスの顔つきからは感情が読めなかった。少しこわばった声で彼は言った。「また子供を持つことは計画していなかった」

エリンは少しためらってから尋ねた。「じゃあ最初のときは……計画していたの？」

エイジャックスはエリンを見てから、ワイングラスを取って立ち上がると、石造りの塀の前まで歩いていき、エリンに背を向けた。「実は、違う。最初のときも計画はしていなかった」

「じゃあ……いったいどうして……？」

彼は振り返って塀にもたれ、エリンに視線を戻した。「僕の兄が、ソフィアと結婚して家庭を築くはずだったんだ。だが結婚式の数週間前、ニコラウ家の所有するヨットに兄が乗っているときに、嵐が起きたんだ。兄は乗組員を救出しようとして足を滑らせ、頭を打った。そして数日後に亡くなった」

「お気の毒に」エリンは言った。兄を亡くし、妻と息子まで亡くすなんて……悲しみを乗り越えるなんて不可能だったはず。そこまで考えて、顔をしかめた。「お兄さんがソフィアと婚約していたの？」

エイジャックスはうなずいた。

「じゃあ、なぜあなたが彼女と結婚したの？」

「政略結婚だったんだ。ソフィアの家とニコラウ家の結びつきを強固にするためのね。兄が死んだとき、ソフィアはすでにテオを身ごもっていた。両家の約束を守り、ゴシップを最小限にとどめるため、僕はソフィアと結婚し、テオを自分の子供として育てることに合意した。とはいえ、あの子が実は僕の甥《おい》であることは周知の事実と言ってよかったが」

「じゃあ、あなたとソフィアは……」

「僕と彼女が……なんだい？」

エリンはこんなことを尋ねるのは愚かな気がしたが、心のどこかにどうしても知りたい自分がいた。

「愛し合って結婚したわけではないの？」

少しのあいだエリンを見つめてから、彼は嘲るような笑い声をあげた。エリンはぎょっとした。

「愛だって？　いいや。ソフィアは兄のことだって愛してはいなかったよ。とはいえ、あの二人のほうが相性はよかったがね。少なくとも体の相性は」彼は続けた。「ソフィアの家もニコラウ家も、何世代も前に、愛なんていう浮ついたものは切り捨ててしまったんだよ。結婚はビジネスの契約と同じで、はかりごとにすぎないんだ」

じゃあ、テオはエイジャックスの息子じゃないのね。彼の結婚は愛ゆえのものではなかったのだ。

エリンの心を読んだかのように、エイジャックスは口を開いた。「僕は……僕は、テオを甥だとは思っていなかった。あの子は息子だった。僕はテオが生まれたときもそばにいた。どんな気持ちになるかなんて想像もしていなかったが、赤ん坊を手渡されたとき……」

「愛を感じたの？」エリンは静かに尋ねた。

エリンに目をやったエイジャックスは、いまでもまだわずかに当惑しているような、そんな表情を浮かべていた。「ああ。そうだ」

彼が二度と子供を持たないと決めたのも無理はない。息子を愛し、そして失って……いまならエリンにも理解できた。理解できるからといって、簡単に受け入れられるわけではないとしても。

エリン自身、彼とそう違わない。誰かを愛したがゆえに、心が深く傷つくことを考えると、ぞっとしてしまう。幼いころに母が家を出ていったのはつらかった。だが、エリンの心にもっと強い衝撃をもたらしたのは、母に捨てられて打ちのめされた父の姿だった。

大学を卒業して恋人と別れたあと、エリンは仕事に意識を集中させているほうが、ずっと満足感を得られることに気づいた。仕事より夢中にさせてくれて、自分は間違っていたと思わせてくれるような男性も現れなかった――エイジャックスに出会うまでは。仕事に邁進《まいしん》したのは、家庭よりキャリアを優先した母親に倣ったからではない。人を愛したせいで傷つき、孤独を味わった父の二の舞になりたくなかったからだ。

エリンは頭を切り替えようとした。いまは別にそんな危険はないわ。

「あの子はアシュリングという名前で、ちゃんと存在しているのよ――たとえあなたがどんなに、その事実から距離を置きたくても」

エイジャックスは悲しげな笑みをたたえた。「実際、もう手遅れだしね」

「過去に起きたことを話してくれてありがとう。それで、これからの予定は？」

「さっきも言ったように、僕は数日間ここに滞在する。君と――」

彼は言葉をとめ、エリンは息をのんだ。

「君とアシュリングが、ここで気持ちよく過ごせているか確認するためにね」

彼が娘の名を口にするのは、エリンにとっては重大なことだった。思わずありがとうと言いたくなってしまったが、それも妙な話だ。

エリンは彼がいま言ったことを考えて、首を振った。「あなたがここに残る必要はないのよ。私たちなら大丈夫だから。必要なものがあったら、村まで歩いていけばいいし」

「だめだ」

エリンは眉根を寄せた。「ここを出ちゃいけないってこと？」

「必要なものがあれば、アガサか彼女の夫に頼めば用意してくれる」

エリンは立ち上がって言った。「このヴィラは確かにとても美しいけれど、私は外を歩き回りたいの。それに、アシュリングにも刺激が必要よ」

彼の顔は石のように固まっている。

「エイジャックス、いったいなんなの？　自由に歩き回ったっていいでしょう？　別に危険はないのよね？」

彼の表情がやわらいだ。「ああ、もちろん危険はない。ただ……」明らかに動揺した様子で、髪に手を差し入れた。「ソフィアとテオが亡くなったのは、ソフィアが自分で車を運転してアテネへ出かけると言い張ったからなんだ。僕が運転手を同行させろと言っても、彼女は耳を貸さなかった」

「そうだったの……実は私、運転はできないの。必要を感じなかったから習わなかったのよ。私は世界で一番騒がしい街で育ったから、のんびりしたギリシアの村を歩いても心配はないと思う。でもあなたが望むなら、外出するときは誰かに運転してもらうし、居場所も必ず知らせるようにするわ」

「それは……いい考えだ」

疲労の波が押し寄せ、エリンはベビーモニターを取った。「そろそろ寝るわ。長い一日だったし」

エリンが背を向けようとしたとき、エイジャックスは言った。「ありがとう。僕を信頼して、一緒に来てくれて」

エリンは足をとめ、エイジャックスのほうを向いた。「ここにはどれぐらい滞在することになるの？」

「少なくとも数週間だ」

「それ以上長い滞在になるなら、上司に許可をもらわなきゃならないわ」

「それぐらいたてば、きっとほかのスキャンダルが起きて、ハゲタカたちの関心もそっちに向くだろう。君がニューヨークへ戻るころには、世間も興味をなくしているさ」

エリンがもう一度背を向けようとしたとき、エイジャックスがまた口を開いた。

「とはいえ、これ以上あれこれ詮索されるのを避けるために、できることがある」

「それは何？」

「僕たちが一緒に現れるんだ」

「どこに……？」

「公の場に。恋人同士のふりをしてね」

5

エイジャックスは言った。「続きは明日の朝に話そう。長い一日だったし、君をこれ以上起こしておくのは申し訳ない」

「あなたの言ったことがどういう意味なのか、いま知りたいわ」

エイジャックスは自分を呪った。口を閉じているべきだった。今夜はずっと、エリンを必要以上に意識しないよう気をつけていたが、それは不可能だった。

彼女はこれ以上ないほどシンプルな出《い》で立《た》ちだった。シャツワンピースに、素足にサンダル……化粧はほとんどしていないし、髪は洗いざらしで少し乱れている。それでもエリンはたまらなく魅惑的だ。

エイジャックスは口を開いた。「ここへ向かうあいだに広報部と打ち合わせをしたんだ。彼らが言うには、記事が載るタイミングで僕らが公の場に現れれば、マスコミの過熱取材も多少はやわらぐとのことだ。逆に何もしなければ、マスコミはしつこく嗅ぎ回って君のことを調べ尽くそうとするだろう」

「あなたのことは調べないの？」

彼は肩をすくめた。「僕のことはもう全て知られているよ。彼らの標的は君だ。僕の同伴者として公の場に出てもらうことが、君の安全を守ることにもつながる。僕らが子供をもうけたカップルのようにふるまえば、マスコミが追求すべきこともなくなるから。単にこれまで子供の存在を公表していなかっただけだと、そういうふうに見せればいい」

「ここに数週間こもって、騒ぎが収まったら家に戻るだけじゃだめなの？」

「僕の言っていることが矛盾して聞こえるのはわかっている。あえて君を、大勢が集まる公の場に連れていくなんて。だが、ほんの少しのあいだそうすることで、噂話《うわさばなし》や憶測が過熱するのを防ぐことができると思う。そしてほとぼりが冷めたころ、もう別れたと公表すればいい。とはいえ、僕はこれからもずっと、君とアシュリングの身の安全は保証するつもりだが」

「ほんの少しのあいだって、どれぐらい？」

「僕らがギリシアにいるあいだだ。もし君がよければ、いくつかイベントに出席するつもりだ」

「いくつかって？」

「公のイベントが二つか三つ……あと、親族の集まりが一つ……」

エイジャックスはエリンの美しい脚に視線を向けないようにしていた。彼女の両脚を押し広げたときのことは、いまでも鮮やかに脳裏によみがえってくる……。

やめろ！　目の前にいるのは、もう二度と触れてはいけない女性だ。事態は十分ややこしいことになっている。彼女は僕の子供の母親だ。そして僕は何があろうと、もう二度と家族ごっこをするつもりはないのだ。

「明日になってから知らせても構わないか？」エイジャックスはエリンを見た。「もちろん、君が決めることだが」

「だったら、おやすみなさい」

「おやすみ。エリン」

次にエリンがエイジャックスと顔を合わせたとき、アシュリングはすでに朝寝をしていた。エリンはテラスで、そばにベビーモニターを置いてコーヒーを飲んでいた。

物音がして、エリンは顔を上げた。エイジャックスはきっちりとした格好をしていた。黒のスラックスをはき、白いシャツの上のボタンは外している。

「おはよう」

彼は腕時計を見た。「ほぼ昼だな」そしてエリンに目を戻し、ベビーモニターに気づいた。「寝ているのかい？」

エリンはうなずいた。「あの子が夜明けに目を覚ましたの。それで私たち、朝食をとってから、少し庭を散策したのよ」エリンは一瞬ためらってから言った。「明日にでもあんよを始めそうだわ」

エイジャックスは表情を変えなかったが、意識して平然を装っているように見えた。「それはよかった。ここは広いから、あの子が歩き回ってもけがをしないですむ」

「ええ。私のアパートメントや二ブロック先の公園と比べたら、ずいぶんなレベルアップだわ。でも、慣れていかないとね」エリンは冗談のつもりだったが、口に出した途端、撤回したくなった。「そういう意味で言ったんじゃないのよ」

エイジャックスは手をひらひらさせてテーブルに近づくと、腰をおろし、カップにコーヒーを注《つ》いだ。

「君はもうとっくに、金目当ての女性ではないことを証明したと思うが」

エリンは肩をすくめた。「お金を重視するようには育てられなかったから。なんとかやっていくだけのお金はあったしね。よい教育を受けて、大学に行って……それで十分だった」

「お父さんとの暮らしのことかい？」

エリンはうなずいた。「前にも言ったけど、母は私が子供のころに出ていったから」

「君が幼いころだって言っていたかな？」

「ええ。三歳になったばかりだったわ」

「お父さんとは仲がいいのか？」

「父のことは大好きよ。ずっと二人でやってきたの。変わっているけどいい父親よ。私はほかの子たちよりもしっかりしなくちゃならなかったけど、父に愛されているのはわかっていた」

「それは僕の生きている世界では珍しいことだな。珍しいどころじゃない。神話に近いよ」

「あなたのご両親は……愛してくれなかったの？」

エイジャックスは乾いた笑い声をあげた。「愛？まさか。うちの両親は、その言葉の意味すら知らないさ。家同士の取り決めで結婚した二人は、互いに愛情を抱いているふりさえしなかった。二人とも、ひそかに愛人をつくっていたし。兄と僕は養育係に育てられたんだ。寄宿学校に入るまではね。両親とはたまにしか会わなかった。だが兄も僕も、両親の望む道を進むことを義務づけられていた。その道とは、世界的な大企業をつくり上げたニコラウ家の輝かしい実績を継承していくことだ」

「ほかのことをしたいと思ったことはないの？」

「そんな選択肢はなかったよ。特に、兄のデメトリオが亡くなってからは」

「なんだか、嬉《うれ》しいとは思っていないみたいに聞こえるけど」

突然、エイジャックスが腕時計を見て言った。

「すまない。もうじき電話がかかってくるんだ。昨晩話したことは考えてくれたかな」

「ええ、考えたわ。あなたの言うとおりだと思うわ。だから……イエスよ。あなたの提案に応じるわ」

「よかった」エイジャックスの返事はそっけなかった。「週末には僕と一緒にアテネへ行くことになる。金曜日のイベントに出席するんだ」

「そのイベントって、華やかなものなの？」

「ブラックタイ着用のパーティだ」

「ふさわしい服を持ってきていないわ」

「心配いらない。スタイリストに用意させるよ」

そのとき、ベビーモニターから泣き声が聞こえてきて、エリンは立ち上がった。「行かないと。きっとおなかをすかせているんだわ」

のどかでゆったりとした島で過ごしたあとでは、アテネの街は少し騒がしく感じられた。だが、アシュリングは車の後部座席から外を見つめ、魅了されているようだった。

助手席に座ったエイジャックスが振り返った。

「もうすぐだよ」

エリンは無理やり笑みを浮かべたが、これから待ち受けていることを考えるとみぞおちが重くなった。

車はエイジャックスが所有するヴィラへ向かっていた。古代の街を見おろせる丘の上にあるらしい。遠くにアクロポリスの丘が見えてくると、エリンは謙虚な気持ちになった。

街は観光客や地元の人々で賑《にぎ》わっていた。広大なシンタグマ広場を抜け、プラカ地区を通ったとき、細い石畳の路地が目に入った。太陽が照りつけて暑くても、この街はとても魅力的だ。

車はすぐに市街地を抜け、丘をのぼっていった。窓の外の景色が緑色になっていく。目の前に突然、装飾が施された鉄の門が現れ、車はとまった。制服を着た警備員が出てきて、門を開けてくれた。

曲線を描く長い私道を、車は進んでいった。道の両脇に青々とした茂みが連なる。やがて広大な中庭が広がり、現代的な乱平面造りの邸宅が目に入った。大きな窓に太陽の光が反射している。島のヴィラとは対照的だが、エリンはここも気に入った。

艶のある茶色の髪をポニーテールにした、黒のスラックスと半袖のブラウス姿の女性が、玄関で出迎えてくれた。管理人のマルタだとエイジャックスが紹介してくれた。

そして、はにかんだ笑みを浮かべた、かわいらしい女性が現れた。エリンは彼女に見覚えがあるような気がした。それがなぜなのか、エイジャックスから紹介されたときにわかった。「彼女はダミアだ。アガサの姪《めい》ごさんの娘で、アシュリングの世話を手伝ってくれる。英語を専攻している大学生で、弟と妹が四人もいるから、子守の経験が豊富だ」

エリンはダミアにほほ笑んだ。アシュリングもダミアに向かって、生えかけの歯を見せてにっこりした。エイジャックスは依然としてアシュリングに視線を向けないようにしており、エリンの胸に鋭い痛みが走った。

エイジャックスがエリンを案内できるよう、アシュリングを預かるとダミアが言ってくれた。アシュリングは嬉しそうにダミアの腕に身を預けた。

建物の中は、外観と同じくらい現代的で洗練されていた。だが、赤ん坊を危険から守るための対策がすでに取られているのを発見して、エリンは嬉しくなった。テーブルの角はパッドで保護され、階段にはベビーゲートが取りつけられている。

　エイジャックスのあとについて階段をのぼりながら、エリンはそれらの安全対策グッズを手で示して言った。「ありがとう」

　エイジャックスは言った。「小さな子供が家にいるのが、どういうものかは覚えているから」

　二階に上がると、洗練された優雅な空間が広がっていた。厚みのあるカーペットが敷かれ、最低限の家具だけが設置されている。長い廊下に並ぶドアの一つを、エイジャックスはエリンのために開けた。中に入ったエリンは、その広さに圧倒された。サッカーチームが全員寝られそうなほど大きなベッドが置かれたその寝室には、着替え室とバスルームがついていた。バスルームにはマッサージベッドまであり、さながら美容サロンのようだ。

　部屋の中にある別のドアをエイジャックスが開けた。ドアの向こうは、子供部屋につくりかえられた小部屋だった。壁には犬やウサギや鳥の絵が描かれている。エリンははっとした。ひょっとして……。

　エイジャックスを見た。彼はエリンの心を読んだのか、かぶりを振った。

「いや。ここはテオの部屋じゃない。テオとソフィアは別の部屋を使っていた」

　通り過ぎてきたどこかのドアの向こうなの？　エリンは考えるのをやめ、部屋の鮮やかな装飾や、広いバルコニーに続くドアを眺めた。

　彼は部屋の反対側のドアを指さした。「あのドアはダミアの部屋に続いているんだ。僕たちが出かけているあいだ、ダミアがずっとアシュリングを見ていてくれる」

「出かけるといえば……最初のイベントは明日だった？」

　エイジャックスはうなずいた。「ああ、明日の夜だ。今日、スタイリストが来ることになっている。

君が好きなものを選べるよう、ドレスや靴《くつ》をたくさん持ってきてくれる」

「仕事関係の催しなら、どういう服を着ていけばいいのかわかるけど、上流社会の集まりのことはさっぱりわからないわ。もし、間違った装いをしてしまったら？」

「ジョルジアーナは経験豊富なスタイリストだ。君が着るべき服をわかっている」

「そう……わかったわ。私、アシュリングの様子を見てくるわ。おなかをすかせているだろうから」

エイジャックスは腕時計を見た。「数時間、オフィスに行ってくるよ。僕抜きで食事をしておいてくれ。ダミアを見つけて、アシュリングを連れてこさせる」

そして、彼は出ていった。

6

次の日の夜、エイジャックスは少しだけ開いた寝室のドアの前に立っていた。のぞき魔になった気分だが、エリンの姿に釘付《くぎづ》けでまったく動くことができなかった。エリンは鏡の前に立っていて、エイジャックスと同じくらい驚いているように見える。

エイジャックスはこれまでもずっと、エリンには控えめな美しさ――初対面では気づくことができない美しさが宿っていると思っていた。だがいまのエリンには、控えめなところなどなかった。息をのむような美しさだ。

彼女は床まで届く長さの、肩紐《かたひも》のない黒いドレスを着ていた。胴はぴったりとしたデザインで、ウエストがきゅっと締まり、胸は押し上げられている。スカート部分はなめらかな素材で、ゆったりと床まで流れ落ちている。

エリンの肌がとても白く見える。精巧なつくりのダイヤモンドのネックレスと、揃《そろ》いのカクテルリング以外にはジュエリーは身につけていない。ふさふさした長いまつげが瞳を縁取り、頬紅が頬骨を際立たせている。無色のリップグロスをつけた唇は、ふっくらとしていてなまめかしい。

まるでキスを求めているかのようだ。

ジョルジアーナがエリンに話しかけていた。「ショートヘアが全体をさらに引き立てていますね。髪を切ったきっかけは？」

エリンは答えた。「赤ん坊が……いつも髪を引っ張るものだから」

「たいていの女性にはその髪型は難しいでしょうけど、あなたは骨格がすばらしいから……」

エリンが照れくさそうにしているのが、エイジャックスにはわかった。エリンはソフィアや、僕のまわりにいる女性たちとは全然違う。生まれながらにして自信満々で、褒め言葉を期待し、称賛を浴びることをおおいに楽しんでいる女性たちとは。エリンはいま、とても恥ずかしそうにしている。地面の下に隠れてしまいそうなほどに。

エリンはジョルジアーナにほほ笑んだ。「手伝ってくれてありがとう。一人だったら、どこから始めればいいか見当もつかなかったわ」

ジョルジアーナはウインクした。「私はそのために、たくさん報酬をもらっていますから」

エイジャックスがドアをノックしようとしたそのとき、エリンがジョルジアーナに尋ねた。「その……あなたは……ミスター・ニコラウの奥さんのことも手伝っていたの？」

「ソフィアのことですか？」

エリンはうなずいた。

ジョルジアーナは首を振った。「いいえ。ソフィアは、ファッションに関しては独自のこだわりがありましたから。彼女はもっと現代的なスタイルが好みでした」

控えめな言い方だ、とエイジャックスは思った。ソフィアとエリンはかけ離れている。ソフィアが一糸まとわぬ姿で踊ったとしても、僕は何も感じなかっただろう。だがエリンは……。

彼はわき上がってくる熱望を抑え込んだ。

ドアをノックして開けた。エリンが振り返り、二人の目が合う。エリンは視線を上下させ、頬を赤らめた。

エイジャックスは歯を食いしばった。

ジョルジアーナに視線を向ける。「ありがとう、ジョルジアーナ」

「どういたしまして。必要なときはいつでも呼んでくださいね」ジョルジアーナはそう言い、光沢のある黒いクラッチバッグをエリンに手渡した。「幸運を祈っています。とはいえ、運なんて必要ないですけどね。みんながあなたの虜《とりこ》になるに決まっているもの」

エイジャックスはエリンの前に立った。エリンは緊張しているようだった。

「私……これでいいかしら？」

エイジャックスは彼女の向きを変えさせて、鏡の前に立たせてこう言いたかった。自分がどれほど美しいか、なぜわからないんだ？　だがそんなことをしたら、自分をとめられなくなって、ドレスのファスナーを引きおろして脱がせてしまいそうだ。

だから彼はこう言った。「とても……きれいだよ。運転手が待っている。行かないと」

車は街の通りを縫うように進んだ。街を抜け、丘をのぼっていくと、大きな門を通ろうとする車の列に加わった。

エイジャックスが言った。「ここはパルナッソス家のヴィラだ。レオとエンジェルは年に一度、慈善活動の資金を集めるためのパーティを開いている」

「エンジェルって、ジュエリーデザイナーの？」

「ああ。有名なジュエリーデザイナーだ」

「じゃあ、レオは……？」

「レオは僕と同じギリシア人だが、アメリカで育った。長い付き合いなんだ。彼は数年前、家業を継ぐためにギリシアに帰国した」

「あなたは、結婚していたときはギリシアに住んでいたの？」

「ああ。だが、いまはアメリカが僕の家だ」

二人の乗った車はいま、列の一番前にいた。目の前にヴィラが現れた。エイジャックスのヴィラよりも伝統的な家構えで、大きくて存在感があった。

二人は車を降り、正面玄関へと続く階段をのぼった。エイジャックスはエリンの腕に手を添えた。彼に触れられることが、どれほど自分に影響を与えるか知られたくなくて、エリンは思わず腕を引いてしまいそうになった。

心地よいジャズが聞こえてくる。玄関ホールに入ると、背の高い男性が人混みを離れて近づいてきた。ハンサムな顔に、にっこりと笑みをたたえている。

「エイジャックス！　ついに、アテネよりもマンハッタンが好きなふりをやめて戻ってきたんだな？　そう言ってくれよ」

男性とエイジャックスは温かい抱擁を交わした。エイジャックスが言う。「そんなわけないだろう」

男性はエリンを見た。

「レオ、こちらはエリン・マーフィーだ」

レオは手を差し出した。「エリン、我が家へようこそ。そして娘さんの誕生おめでとう。うちの末っ子は三歳だが、そのうち一緒に遊べるんじゃないかな」

彼の温かい歓迎に、エリンはにっこりした。「ありがとう。あの子きっと喜ぶわ。まだあんよができないんだけど、もうじきだと思うの」

「一度歩き始めたら大変さ。目が頭の後ろにも、両側にも必要になるよ」

エリンは笑い出した。「あの子、もうすでに光の速さではいはいをしているから、言いたいことはわかるわ」

そのとき、肩紐のない直線的なシルエットの白いドレスを着て、黒髪を後ろで古風にまとめた、とてもきれいな女性がやってきて、レオの腕に腕を滑り込ませた。

女性はエイジャックスの頬にキスをしてから、エリンに手を差し出した。「エンジェルよ。来てくれて嬉《うれ》しいわ」

エリンはエンジェルと握手をし、彼女のつけているネックレスに目をとめた。数本の細いシルバーチェーンに小さなダイヤモンドが並んでいる。「それ、あなたがデザインしたもの？」

エンジェルは嬉しそうにネックレスに触れた。

「ええ、新作なの。試しにつけているのよ。気に入ってもらえたかしら？」

「すてきだわ」

エンジェルは夫の腕を離し、今度はエリンと腕を組んで言った。「だったら、私と一緒にいなきゃだめよ。だってこの二人は、芸術やデザインを愛《め》でることを知らないんだから」

レオは言った。「最近はかなりましになったよ」

エンジェルの温かく親しげな雰囲気に魅了されたエリンは、彼女に連れていかれるままになっていた。二人は大きな部屋に入っていった。そこはダンスホールだった。金縁の鏡が羽目板張りの壁に埋め込まれ、凝った装飾が施された天井からシャンデリアがぶら下がっている。細長い燭台に立てられたキャンドルは、揺らめく光を投げかけている。

エンジェルはエリンにワインのグラスを手渡した。

「気をつけてね。アテネの上流社会は少し……意地悪なところがあるの。しかもあなたは、最高の切り札を持って現れたわけだし」

「どういう意味？」

「エイジャックスの赤ん坊よ。誰も、彼がまた子供を持つとは思っていなかったの。だってほら……わかるでしょう」エンジェルはエリンの手を取り、そっと握った。「でも嬉しいわ。彼は幸せになってしかるべき人だもの。テオの存在によって彼は幸せを知ったのに、結局、奪われてしまったから」

エンジェルのところへ人がやってきて、耳打ちをした。

エンジェルは残念そうな顔でエリンを見た。「もう行かないといけないわ。どうぞ、くつろいで過ごしてね」

エリンはダンスホールの真ん中で、一人ぼっちになってしまった。周囲を見回してエイジャックスを探したが、姿が見えない。向きを変えると、人々が立ち止まり、ささやきながらこちらを見ているのに気づいた。まさに好奇のまなざしだ。その中には温和なものもあったが、ほとんどは不信感に満ちた、敵意むき出しのものだった。

エリンはワイングラスを強くつかんだ。急に体が熱くなり、広いテラスに続くドアへと向かった。テラスでも多くの人が歩き回って歓談している。

ダンスホールを通り抜けながら、人々のささやきが聞こえた。

「彼女、悪徳弁護士らしいよ……」

「由緒ある家と縁があるわけでもないらしい……」

「彼を罠《わな》にはめるために、わざと……」

「彼女と結婚する気はないそうよ」

エリンは開いたドアからよろめくように外へ出た。

そして一瞬、危険なほど体が前に傾いた。すると、誰かが腕をつかんで支えてくれた。なじみのあるうずきを感じて、エリンは顔を上げた。

「完璧なタイミングね」彼女は言った。「みんな、私が顔面を強打するのを見たかったでしょうに」

低い石の塀のそばへ、エイジャックスが連れていってくれた。塀の向こうには美しい庭園と、アテネのすばらしい眺望が広がっていた。

彼は言った。「なんのことだ?」

エリンはワインを一口すすり、ダンスホールのほうへ顎をしゃくった。「ええと、ここにいる人たちによると、私は悪徳弁護士で、由緒ある家柄でもなんでもないんですって……そうだ、きっとこれも気に入るわ。みんな、あなたが私と結婚するはずないって思っているみたい。だからもう心配いらないわよ」敬礼のまねをしてグラスを持ち上げた。

「すまない。君を一人にするつもりはなかった」

「いいのよ。私、エンジェルといたの。だけど彼女が誰かに呼び出されちゃって」

エイジャックスは顎を引き締めた。「だから、ここにずっと住みたくないんだよ」

「ゴシップの規模に関して言えば、アテネはまだおとなしいほうだと思うけど」

「そうだな」

エイジャックスはエリンの手を取り、ダンスホールへ戻った。

人混みに戻ると、エリンは手を離した。エイジャックスはちらりと彼女を見たが、エリンは彼の視線に気づかないふりをした。

ダンスホールではチャリティオークションが始まろうとしていた。

エリンは尋ねた。「このパーティはどんな慈善活動を支援しているの？」

「家庭内暴力を阻止する活動だよ。レオとエンジェルにとって、個人的な思い入れのある活動だ」

エリンがエイジャックスを見ると、彼は言った。

「詳しいことは知らないが、たしかエンジェルの父親が暴力を振るっていたらしい」

エリンはぞっとした。「恐ろしいことね」

いま、レオとエンジェルは演壇に立ち、もっと高値をつけるよう参加者をあおっていた。参加者は笑い声をあげながら、賑《にぎ》やかに競り合いを繰り広げている。

次に入札にかけられる品が、レオとエンジェルの後ろのスクリーンに映し出された。それはアテネで最も高級な屋上レストランで、二人でロマンチックなディナーを食べられる権利だった。

エイジャックスが手を上げたので、エリンはぎょっとした。そして彼と数人の間で、楽しげな入札合戦が始まった。

すぐにエイジャックスともう一人の争いになった。吊《つ》り上がっていく入札額は、二人分のディナーの値段をはるかに超えていた。エリンはエイジャックスが引き下がるのを待っていたが、彼は落札すると心に決めているようだった。ついに、入札額が異常なほど高額になり、競り合っていた相手が引き下がると、レオが木槌《きづち》をたたいてエイジャックスの落札を宣言した。

エイジャックスはエリンのほうを向いて、彼女の手を握った。そして握った手を上にかかげ、問いかけるような曖昧な表情を向けた。エリンはかすかにうなずいた。心臓が激しく打っている。エイジャックスはエリンの手の甲にキスをした。それを見て人々はため息をもらしたり、何やらささやき合ったりした。感激のため息よりも、ひそひそとしたささやき声のほうが多かった。

エリンの顔が真っ赤になった。全てお芝居だとわかっている。それにもかかわらず、手の甲への彼のキスは、まるで焼き印のようにエリンを熱くさせた。エリンにはわかっていた。自分が心のどこかで、これが本物の、心からの愛の表現であることを望んでいると。

エリンは思わず、エイジャックスとつないだ手を引っ込めた。

オークションが終了すると、人々は散らばり、またダンスホールの中を歩き回って歓談し始めた。

エリンはふと思い出して言った。「サイン済みの同意書を受け取ったわ」

エイジャックスはエリンを見た。「君が親権を独占することに同意したよ」

「ええ。見たわ」

これでよかったのだ、とエリンは思った。彼が急に心変わりをしたらそれこそ妙だし、私もアシュリングも、考えをすぐに変えるような人とは関わりたくない。とはいえあの同意書によって、彼は娘とできるだけ関わりたくないという意志をはっきり示したことになる。

きちんと境界線を引くことは大事だと、エリンは自分に言い聞かせた。母はいつも突然やってきては、一日か二日家に滞在した。母がやってくるたびにエリンは、今度こそはずっといてくれるのかもしれないという期待を抱いた。だが、母は必ず帰っていった。エリンは大きくなると、母がやってきても会うことを拒否するようになった。自分自身を失望や、怒りの感情から守るために。

エリンは言った。「あとになって内容を変更したくなったら、そのときに話し合いもできるわ。あの子がもっと大きくなったら、あなたの気持ちも変わるかもしれないし」

背後から誰かにぶつかられ、エリンはエイジャックスの胸に倒れ込んだ。エイジャックスはエリンのむき出しの腕をつかんで抱きとめた。二人の上半身がぴったりと密着する。エリンはエイジャックスの胸の鼓動を感じた。激しく打っているわ。それとも、これは私の心臓の音？

彼はエリンを見おろして言った。「内容を変更することはないよ」

欲望でのぼせていたエリンの頭が、いっきに冴《さ》え渡った。彼女は身を引いてしっかりと立った。そしてそのあとはずっと、引きつった笑みを浮かべて過ごした。

期待を抱いてはいけない。エイジャックスがいつか心変わりをして、娘と意味のある関係を築きたがるなんて、そんな期待をしてはいけない。私は、母親から得た厳しい教訓を忘れるわけにはいかないのだ。

まだ夕方だった。エリンはまた鏡の前に立っていて、ジョルジアーナは後ろにいた。エリンは自分の姿にひるんでいた。

「これはちょっと……大胆すぎないかしら」

ジョルジアーナは後ろに下がってエリンを見て、からかうように言った。「いまからどこに行くのかわかってますか？　あの店の予約を取るのがどれだけ難しいか！　予約できたとしても、普通は何年も待つんですよ」

「まるで何も着ていないみたい」

「すごくきれいですよ」

信じるのは難しかった。エリンがいま着ているのはジャンプスーツだ。濃い茶色のシルクでできており、パンツ部分はゆったりしていて足首で絞ってある。それはいいのだが、ウエストから上は服というより二枚の布という感じだった。前身頃はへそのあたりまで深い切り込みが入っていて、後ろ身頃は、首の後ろに留め具がついているだけで、背中が完全に露出している。

髪を後ろに撫《な》でつけているので、ゴールドのアイシャドウを塗った目が、普段よりさらに大きく見える。二の腕にはめたバングルと、おおぶりのゴールドのイヤリング以外には装飾品をつけておらず、足元はヒールの高いゴールドのサンダルだ。

ジョルジアーナは言った。「大胆で垢抜《あかぬ》けていて、洗練されているわ。半径十キロ以内にいる男性はみんなあなたが欲しくなるわね」

エリンは弱々しい笑みを浮かべた。

ドアをノックする音が聞こえ、心臓が飛び出そうになった。いまの私を見たら、エイジャックスはぎょっとするのではないだろうか。彼は、上半身がほぼ裸の女性と出かけたがる男性には見えない。

エリンはゆっくりと振り返り、心の準備をした。

ジョルジアーナがそっと立ち去ったことには気づかなかった。不気味なほどの沈黙が流れる。

思い切って、ちらりとエイジャックスの顔を見てみた。そしてはっと息をのんだ。彼は目を大きく見開いて、エリンの頭から足元まで視線を上下させている。肌がちくちくした。きっと彼は仰天しているんだわ。

彼は黒いシャツと黒いスラックスという出《い》で立《た》ちだった。豊かな髪は後ろに撫でつけている。

ついにエリンは口を開いた。「ちょっと大胆すぎるわよね？　ジョルジアーナはこれの前にドレスも着せてくれたの。そっちにするわ」

エリンは向きを変えて着替え室へ行こうとしたが、エイジャックスが言った。「いや、そのままでいい。問題ないよ」

エリンは振り向いた。「本当に？」

彼の顎がぴくっと動いた。「もちろんだ。そろそろ行こう」

二人は車の後部座席に乗り込み、出発した。エリンは二人の間に漂う張りつめた空気をやわらげようとして、こう言った。「アシュリングが数日前から歩き始めたの」

「知っている。見たよ」

「見たの？」エリンはびっくりした。

エイジャックスはうなずいた。「書斎のバルコニーからね」

「外に出てくればよかったのに。あの子、すごく興奮していたのよ」

エイジャックスはまっすぐ前を向いていた。刺激的な服を着たエリンを見ないようにするために。そして、アシュリングの歩く姿を思い出して気持ちが高ぶっているのを悟られないために。彼は胸になじみのある痛みを覚えた。

「できなかったんだ。書斎でまだやるべきことがあったから」

エリンは後ろへもたれた。エイジャックスはエリンがしぼむのが見えるようだった。

「あなたって……頑《かたく》ななまでに、あの子に関わろうとしないのね」

エイジャックスはエリンを見た。「言っただろう。同じことを繰り返すつもりはないと」

エリンは眉をひそめてエイジャックスを見た。

「あなたのそういう態度って、テオを亡くしたことによる心の傷が原因だと思ったことはない？　ＰＴＳＤみたいな？」

エイジャックスは、心的外傷後ストレス障害《PTSD》がどんなものかは知っていた。フランスの外国人部隊の兵士だった親しい友人が、ＰＴＳＤに苦しんでいたからだ。その友人は、同じ苦しみを抱える人の役に立ちたいとクリニックを開いた。だがエイジャックスはこれまで一度も、テオの死を、そういう症状を引き起こすものとして捉えたことがなかった。だが、エリンの言葉は彼の内部で響き渡り、心の奥をひりひりさせた。

運転手がレストランの前で車をとめようとしていた。エイジャックスはそれに乗じて、エリンの質問に答えずにいた。

彼は車を降りて反対側へ回ると、エリンの手を取って降りるのを手伝った。エリンは不安げな顔で車から降りた。車を離れ、建物の入り口へと近づく二人に向かって、いっせいにカメラのシャッターが切られた。カメラは百台はありそうだった。

エイジャックスはエリンのウエストに腕を回して体を引き寄せた。ガードマンが開けてくれた入り口から中へ入ると、コンシェルジュがエレベーターのボタンを押した。

エリンはかすかに震えていた。エイジャックスが目を向けると、彼女は青白くなっていた。彼はギリシア語で小さく毒づいた。

「すまない。前もって言っておくべきだった。僕はパパラッチにつきまとわれるのに慣れすぎて、君が慣れていないことに思いが及ばなかった」

エリンはエイジャックスの腕から逃れた。「私は大丈夫よ。ただ、予想もしてなかったから」

「君のせいじゃない。君の反応はいたって正常だ」

エレベーターが到着した。中は暗く、壁には絵が描かれていた。少しして、エリンは壁に描かれているのが、さまざまな体位で交わっている人々の姿だとわかった。頰を染めて視線をそむけると、今度は鏡に映った自分が見えた。肩の曲線、むき出しの背中、シルクに隠れたヒップ。革と木のような香りが漂い、退廃的な空気がまわりに満ちていく。

ドアが開くと、エリンはほっとした。二人は出迎えてくれた男性の案内で、緑の茂ったアーチをくぐってレストランへ入っていった。エイジャックスはエリンの肘に手を添えていた。案内係も誰も、エイジャックスに名前を尋ねなかったことにエリンは気づいた。確認するまでもないのだ。

それは客も同じらしく、二人が店内を進んでいくと、人々は会話をとめて次々に振り返った。

レストランはアテネで最も高い建物の屋上にあり、アクロポリスの丘やピレウスの港までも一望できた。二人は最も眺めのいい席に案内された。鉢植えの植物が置かれ、ほかの客の視線はほぼ遮断されている。白いテーブルクロスがかけられ、クリスタルのグラスや金のカトラリーが並んだテーブルが、揺らめくキャンドルの光に照らされている。空気は暖かく、さわやかだった。

クラッチバッグの中の携帯電話が振動したので、エリンは取り出した。ダミアからのメッセージと、アシュリングが眠っている画像が届いていた。

テーブルの向こう側からエイジャックスが尋ねた。

「何も問題ないか？」

エリンはにっこりした。「ええ。ダミアが眠っているアシュリングの画像を送ってくれたの」

エリンは思わず画像をエイジャックスに見せようとしたが、車の中での会話を思い出し、胸の痛みを無視して携帯電話をしまった。

ウエイターがシャンパンの入ったグラスを運んできた。「支配人からの贈り物です」

エリンはにっこりしてウエイターに感謝を伝え、シャンパンを一口飲むと、景色に目をやった。「すごくきれいね」

エイジャックスは下を向いてナプキンを広げていた。

「あなた、景色を見てもいないのね」

彼は顔を上げてエリンと目を合わせた。「見ているよ」

エリンの全身を熱いものが駆け巡った。なんだか彼のまなざしが熱っぽく感じられる。瞳の奥に炎がともっているような……そのとき、彼が目をそらし、エリンは息を吸い込んだ。

「君の言うとおりだな。僕には、当たり前になりすぎていて気づけないことがたくさんある」

「あなたみたいな環境で生まれ育ったら、気づくのは難しいと思うわ」

「それは否定できないな。僕は生まれたときから恵まれているから」

エリンは前にかがんで頬杖《ほおづえ》をついた。「でも、あなたは甘やかされてはいないわね」

エイジャックスは眉根を寄せてシャンパンを一口飲んだ。「それはいいことなのか？」

エリンはうなずいた。「あなたは人を見下したり、偉そうにしたりしないもの。なまけ者でもないわ。働く必要がないのに働いて、ほかのお金持ちみたいに道楽にふけったりしない。なぜあなたは、地中海でヨットを乗り回す女たらしの道楽息子じゃないの？」

「そういう生活には惹《ひ》かれなかったんだ。ニコラウ家で何よりも大切なのは、家名を尊重することとビジネスの存続だからね。僕たちには反抗する時間も、ぼんやりする時間もなかった」

ウエイターが注文を取りに来た。エイジャックスがギリシアの名物料理をいくつか薦めてくれた。エリンは初めての料理を食べてみたくて、エイジャックスの助言に従って注文した。

ウエイターが下がると、エリンは言った。「たしか、あなたとお兄さまは仲良くしないように言われていたんだったかしら？」

エイジャックスの顔に一瞬影がよぎった。「イエスでありノーでもある。僕たちは競争させられていた。事業を引き継ぐのは兄とされていたが、僕はつねに兄に負けるなと言われていた。まるで、兄を油断させてはならないかのように」

「ただ純粋に、兄弟でいることが許されなかったのはつらいわね」

「そうだね。僕は兄を愛していたよ。だが、兄のことを本当に理解していたとは思えないんだ」

最初の料理が運ばれてきた。ズッキーニと桃とウニを使ったサラダだ。エリンは少し悲しそうに言った。「すごくきれいだから、食べるのがもったいないわ」

桃をフォークで刺して口に入れてみた。あまりのおいしさに、うっとりと目を閉じる。

目を開けると、エイジャックスがじっと見つめていた。エリンはフォークを置いて、ナプキンで口を拭った。「ごめんなさい。これって、食べるべきじゃなかったのかしら」

エイジャックスはにっこりした。その笑みを見てエリンは息がとまりそうだった。なんだかいつもより若々しく……のんびりして見えるわ。

彼はウニとたっぷりの野菜をフォークで突き刺した。「食べるっていうのはこういうことだよ」そして、フォークを口に入れた。

エリンは、体の底から楽しい気持ちがわき上がるのを感じながらサラダを口に運んだ。

サラダを食べ終わり皿が下げられると、エリンは思い切って、この数日間ずっと頭にあった問いを口にした。

「あなたも結婚して家庭を築く予定はあった？　それとも、お兄さまだけがそうすることを期待されていたの？」

7

エイジャックスは椅子にゆったりと座り、ワイングラスの脚を指でつまんでいる。彼はとてもくつろいで見えるが、エリンは急に緊張した。「個人的な質問なの。別に答えなくても――」

彼は手を上げた。「君が先に答えてくれ。君はどんな人生計画を立てていたんだ？」

逆に質問されるとは思っていなかった。とはいえ、片方だけが答えるのは公平ではない。エリンはそう思った。「わかっているのはただ一つ、父のようにはなりたくなかったってこと。母に捨てられて、悲しみにくれていた父のようには。私も母に捨てられたけれど、私が味わったつらさは父とは比べものにならないわ。母親に捨てられるのと……愛する妻に捨てられるのとでは、全然違うの。父は絶望し、それ以来誰ともお付き合いをせず、ずっとシングルファーザーだった。すごく寂しかったわ。私はきょうだいが欲しかったけど、そのことについてはずっと考えないようにしていたの。アシュリングを産むまではね。これからは考えなければならないわ」

「君は家族が欲しいのかい？　アシュリングが一人っ子にならないように？」あきれているような尋ね方だった。

「ええ。私はアシュリングに弟や妹を与えたいわ。それに私自身、人生をともにできる相手と出会いたいの……アシュリングに寂しい思いをさせたくないし、私が独りぼっちでいるのも見せたくないから」

「君は愛を信じていないみたいだね？」どこかからかっているような声だった。

エリンは彼の目を見ないようにした。「そこまでおめでたくないもの。政略結婚とか、そういう相手の見つけ方にも利点があるのは事実だと思うわ」

「君はいい母親だよ」

エリンは思い切って彼に視線を向けてみた。「でも私、あなたに娘の存在を知らせるのが遅すぎたでしょう？」

エイジャックスは首を振って体を前に傾けた。

「君が以前言ったとおり、僕に連絡を取るのは簡単じゃない。妊娠に出産、そして赤ん坊の世話によって、どれほど体力を消耗するかもよくわかっている。ソフィアは、テオが生まれる前から何人も世話係を雇っていたが、それでもストレスは感じていたし、生活スタイルも変えざるを得なかった」

「彼女は母親になりたがっていたの？」

「というか、跡取りを産むことを期待されていたんだ。とはいえ彼女も兄も、あんなに早く子供をつくることは計画していなかったと思うが」エイジャックスは続けた。「僕たちの住む世界では、女性は子育てをしない。人に任せるのさ」

エリンは弱々しくほほ笑んだ。「結局、みんなそんなに変わらないのね。数百万ユーロの資産を持っているとか、跡取りを産む義務があるとか、そういう違いがあるだけで」

メイン料理が運ばれてきた。エリンは、エイジャックスとの会話を心から楽しんでいる自分に驚いていた。

メイン料理はヘダイと魚介のソテーだった。レストランオリジナルのマヨネーズと、ベビーポテトのハーブ焼きが添えられている。あまりのおいしさに、エリンは質問のことを忘れかけた。

彼女はワインを飲んだ。「今度はあなたの番よ。あなたは結婚して、家庭を築くつもりでいたの？」

エイジャックスは椅子の背にもたれた。「じっくり考えたことがないんだ。兄がすでに子供をもうけようとしていたし。もし僕が家庭を持つことがあるとしたら、純粋にビジネスのためだったろうね。結婚相手にふさわしい令嬢は何人かいたよ。だが、僕が行った組織の再編成によって――いまの我が社は、そういう古い戦略に頼らなくても発展できる体制になっているんだ」

「組織の改革をそこまで重要視したのはなぜ？」

「兄と僕はずっと、ニコラウ家の輝かしい栄光を継承させるための駒として扱われてきたからね。兄が死んだとき、僕はスキャンダルを食い止めるためにソフィアと結婚するしかなかった。そのとき気づいたんだ。こんなのは不健全だって。だが、本当の意味で僕の考えを変えたのはテオだよ。彼は僕に、子供だったころのことを思い出させてくれた。僕は幼いころ、ほかの家の人たちをうらやましいと思っていた。彼らはとても幸せそうに見えたから。テオには僕の二の舞になってほしくなかった。ビジネスと家族に尽くすことを強いられる人生を送ってほしくなかった。テオは独立した個人なんだから、僕は彼に何も強制しないと心に決めたんだ」

エリンは心打たれた。「彼はきっと感謝したに違いないわ」

エイジャックスは肩をすくめた。「僕の大いなる気づきも、結局は意味がなかったが」

「でも、あなたは変化を起こした。何もせずにいることだってできたのに」

二人の皿が下げられた。エリンはデザートを断ろうとしたが、中東の定番のお菓子で、このレストランの名物であるバクラヴァを薦められ、注文した。それは期待どおり美味だった。薄いフィロ生地でできていて、なめらかで甘く、舌の上でとろけた。

「すごくおいしいわ」

エリンはスプーンを置いて顔を上げた。エイジャックスに見つめられているのに気づいて、急に鼓動が速くなる。彼がそばにいても、体がまったく反応せずにいられたらどんなにいいだろう。そうすれば、このお芝居をもっと楽に乗り切れるのに。

「行こうか」エイジャックスが尋ねた。

エリンはうなずいた。ほとんどの客がすでに帰っていた。

彼はエリンを先に歩かせ、彼女の背中の下のほうに手を添えた。エリンはむき出しの肌に彼の指が当たるのがわかった。燃えるように熱かった。

エレベーターのドアを開けて待っていた支配人が、二人に挨拶をした。二人はエレベーターに乗り込んだ。エリンにはエレベーターがさっきより狭く、暗く感じられた。壁に描かれた恋人たちの姿は、一見小さな模様のように見える。だが、何が描かれているのかわかっているいま、意識せずにいるのは不可能だった。

ドアが閉まり、二人はほの暗くて官能的な空間に閉じ込められた。エレベーターがゆっくりと下へ向かっていく。エイジャックスはエリンの反対側に立ち、壁にもたれて両手をポケットに入れている。リラックスして見えるが、どこか野性的な雰囲気を漂わせている。獲物に飛びかかろうとしている猛獣のような。

それとも、シャンパンやワインのせいで私がどうかしているだけかもしれない。エリンは思った。きっとそうだわ。

「すごくおいしかった。あなたがオークションで払った金額を考えると、ちょっと高すぎるけど……」

「エリン」

エリンは言葉をとめた。エイジャックスはポケットから手を出してエリンに近づいてくると、彼女の後ろにあるエレベーターのボタンを押した。エレベーターがとまった。エリンは顔を上げてエイジャックスを見た。口の中が渇いていく。

唇を湿らせて言った。「何をしているの？」

「君はわかっているのか。その服を着た君のせいで、僕が今夜ずっとどんな思いをしていたか」

彼の表情に見入ったまま、エリンは首を振った。

「僕はおかしくなりそうだった」彼はエリンの胸元に目をやった。「その布の下に手を滑り込ませて君に触れたいと、そればかり考えていた。君の胸を包み込み、先端が張りつめていくのを感じたいと」

まるで指示されたかのように、エリンの胸の先端が布の下で張りつめた。呼吸が浅くなる。「そんな……私、あなたがそんなふうに私を求めているとは思わな……」

彼が視線を上げた。エリンの肌を焼いてしまいそうな熱い視線だった。

「関係を終わらせてからも、ずっと君が欲しかったよ。それはもう言っただろう」

「でもそれは、あなたがアシュリングのことを知る前で……」

エイジャックスは首を振った。「いまでも君が欲しい。いますぐ触れてキスをしたい」

エリンは既視感に襲われた。過去の記憶が押し寄せてくる。別の大陸の、別のエレベーターの中で起きた出来事だ。でもそれは過去のこと。これはいま起きていることだわ。彼はいまでも私が欲しい。そして私も彼が欲しい。突然、それ以外のことはどうでもいいことのように感じられた。

「私もあなたが欲しいわ」

目を覚ましたとき、エイジャックスはベッドで一人きりだった。夜は明けている。エリンが彼を残してベッドを去ったのはこれが二度目だ。エイジャックスは心がむき出しになったような感覚になり、戸惑った。エリンが関わると、僕は何一つ計画どおりに進められない。

たとえば僕は、エリンとの間に越えてはならない境界線をもうけるつもりでいた。たとえどんなに彼女に欲望を抱いていたとしても。だが昨夜、薄いシルクのジャンプスーツ姿のエリンを見た途端、そんな境界線など吹き飛んでしまった。

僕たちの間には、まだ決着のついていないことがある。この欲望を完全燃焼させなければならない。欲望が燃え尽きるまでは、僕は自分を抑えることなどできそうにない。二年前にエリンを手放さずにいたら、僕は彼女が妊娠したときにそれを知ることができたし、きっといまの状況も違っていただろう。

どう違っていたんだ？　心の中で、意地悪な声が尋ねる。

彼はその声を無視した。ベッドから出てシャワーを浴び、服を着た。

赤ん坊の声が聞こえてきた。エイジャックスは胸をつかまれるような痛みを覚え、その声からできるだけ離れたくなったが、何かが彼を思いとどまらせた。そして、声のするほうへ歩いていった。

エリンとダミアと、ベビーチェアに座ったアシュリングがテラスで朝食をとっていた。エイジャックスが近づいていくと、全員が彼のほうを向いた。

彼はエリンと目を合わせた。初めて肌を重ねたあともそうだったように、彼女はまるで何もなかったかのように平然としていた。シャワーを浴びたらしく髪がまだ濡《ぬ》れていて、袖なしのトップスを着た姿はさっぱりとしている。アシュリングが落としたスプーンを拾おうとエリンが立ち上がった。そのとき、彼女が着ているのがサンドレスだとわかった。

家政婦がエイジャックスのためにコーヒーを運んできた。エイジャックスが椅子に座ると、ダミアは失礼しますと言って席を外した。エイジャックスはエリンに自分のほうを向いてほしかったが、彼女はアシュリングに食事を与えていた。アシュリングのほうは、大きな目でエイジャックスをじっと見つめている。茶色と緑色が混じった瞳は母親譲りだ。だが瞳以外の部分は父親の色を受け継いでいる。豊かな黒髪に、輝く濃い色の肌。

娘の姿をまじまじと見つめるのはこれが初めてだということに、エイジャックスはばつの悪さを覚えた。

彼の視線に気づいたかのように、アシュリングはさっき落としたスプーンをつかんだ。エイジャックスはいま、自分が危うい状況にいることに気づいていた。アシュリングとこれ以上関わってしまったら、この数年間、自分を守るために築き上げてきた壁を自らぶち壊すことになってしまう。

僕は危険を冒している。だがそれでも、アシュリングから目をそらすことはできなかった。

恐怖を覚えながらも、手を伸ばした。「僕にくれるのかい？」

アシュリングはにっこりした。エイジャックスの胸の中で何かがひっくり返った。

彼はスプーンを受け取った。「ありがとう」

アシュリングは生えかけの歯を見せて笑った。エイジャックスがエリンにちらりと目をやると、彼女は警戒するような目つきでエイジャックスを見ていた。だが、すぐに彼女は表情を変え、アシュリングの口にヨーグルトと果物とおぼしきものを運んだ。

「早起きしたんだね」

エリンの頬が赤らんだ。「この子の声であなたを起こしたくなくて」

「この子の名前はアシュリングだ」

アシュリングが反応して声を出した。

「私、すべきじゃなかったと思うの……昨夜のことだけど」エリンは低い声で言った。

「いつかは起きていたことだと思う」

エリンは首を振った。「もうすべきじゃないわ……同じことは」

「誰も君に無理強いはしていないよ、エリン」彼はエリンの頬がさらに赤らむのを見ながら言った。

「したくないわけじゃないの……ただ、いい考えだと思えないわ」

「かもな。だが、お互いに欲望を抱いてしまった以上、それを完全燃焼させないかぎりは終わりにできないと思う」

ダミアが戻ってきた。彼女は入浴と着替えをさせると言って、アシュリングを連れてテーブルを離れた。アシュリングは離れていきながら、ダミアの肩越しにエイジャックスを見ていた。

「私たち、今日はアテネ観光に出かけるの」エリンが言った。「雲が出ているから少し涼しいわね」

エイジャックスはエリンに視線を戻した。「私たち？」

「私とダミアとアシュリングよ」

「運転手を手配する」

「タクシーを拾うか、公共の交通手段を使うから大丈夫よ」

エイジャックスはかぶりを振った。「だめだ」

エリンは一瞬、反論したそうにしたが、結局はこう言った。「わかったわ」

エイジャックスは立ち上がってエリンに近づくと、彼女の座っている椅子の肘掛けに両手をついた。エリンの瞳孔が開き、頬がさらに紅潮した。

「昨夜は楽しかったよ」

エリンは顔を上げてエイジャックスを見た。「私もよ」

エイジャックスは思わずにんまりした。

エリンは彼をにらんだ。「それで？」

彼は両手を上げた。「ひょっとして、いまここで僕と愛を交わそうっていうのかい？」

含み笑いをもらしながら、エイジャックスは背を向けてテラスから立ち去ろうとした。そのとき、何かが肩に軽くぶつかったので、振り返った。チョコレート入りの小さなクロワッサンだった。

彼はそれを拾い上げ、エリンのほうを向いたまま後ずさった。クロワッサンを一口かじり、楽しげな声を出す。「すごく甘美な味がするよ。まるで――」

エリンは別のペストリーを投げつけた。彼は笑い声をあげた。

その後、車でオフィスへ向かいながら、エイジャックスは気づいた。あんなに楽しい気持ちになったのは、本当に久しぶりだと。

その日の午後、暑さでぐったりしたエリンとダミアは、日陰になったカフェのテラス席に座っていた。アシュリングはベビーカーの中で、モスリン布を体にかけて眠っている。ベビーカーに取りつけられた扇風機が、涼しく湿った風を彼女に送っている。

エリンはダミアにほほ笑んだ。「今日は案内してくれてありがとう。あなたはすばらしいガイドね。英語もすごく上手だし」

ダミアは顔を赤らめてはにかんだ。「エリン、あなたのギリシア語も上達していますよ」

エリンは冷たい水の入ったグラスをかかげた。ギリシアの人々に敬意を払って、少しは言葉を覚えようと努力しているのだ。

ダミアの視線がエリンの背後に向いた。エリンのうなじがうずいた。

エイジャックスが後ろから現れた。

「こんにちは、レディーたち。楽しい時間を過ごしているかな？」

エリンはエイジャックスを見上げてにっこりした。いら立たしいことに、体が彼に反応して脈がいっきに速くなっている。「楽しんでいるわ、ありがとう。アテネはすばらしい街ね」

「そうか。ダミア、もしよければエリンを連れ出したいんだが」

すぐにエリンは言った。「それはだめよ。ダミアは今日、ずっと一緒にいてくれたのよ。夜まで働かせるわけにはいかないわ」

今度はダミアが反論した。「今日は働いていたわけじゃないですよ。もちろん構いません。アシュリングを連れて帰りましょうか？　そろそろ食事の時間だし」

「本当に構わないの？」

「まったく構いませんよ」

エイジャックスが口を開いた。「ダミアは明日、僕たちと一緒に島まで行ってくれることになった。君がギリシアに滞在するあいだは、ずっと一緒にいてくれる」

エリンはダミアを見た。「いいの？」

「夏のあいだはずっと働くつもりだったし、英語の勉強もしたかったから、あなたのもとで働けば一石二鳥です。それに、大おばにも会えるし」

ダミアは立ち上がって荷物をまとめた。車はすぐそばで待機している。エリンはアシュリングをベビーカーから抱き上げた。

車の後部座席のチャイルドシートに乗せられたとき、アシュリングが目を覚ました。だが眠たそうな笑みをたたえると、すぐにまた眠ってしまった。エリンはダミアに指示を与え、アシュリングが寝ずにぐずったりしたら電話するよう伝えた。そして車は行ってしまった。

「ダミアがいれば大丈夫だよ」エイジャックスは言った。

エリンは不機嫌になっていたが、なぜなのか自分でもわからなかった。この男性が原因だわ……彼は私の心の中に侵入してきてしまう。

「私、こんなふうに人に助けてもらうことに慣れて二人は歩き続けた。夕方の風はまだすがすがしい。いら立ちは消え、いまはとてものんびりした気分になっている。長いあいだなかったことだ。というか、初めてかもしれない。

エイジャックスと一緒にいるときに、こんな気分になるなんて。彼は人をのんびりとした、自由な気分にさせるような男性ではないのに。でも、朝食のとき——短い時間だったが、エイジャックスがアシュリングと交流していたあのとき、微妙な変化が起きたような気がしたのだ。それがどういう変化なのかはわからないし、わかりたいかどうかも定かではない。それについて、いまはあれこれ考えたくはなかった。なんだか危険な気がするからだ。

エリンはエイジャックスが言ったことに意識を戻した。〝君は優秀な弁護士だ〟

もう一度立ち止まる。「私は優秀よ」

「そのとおりだ」

いないの」

「今後は、必要なときに必要なだけ人の手を借りられる。金はいくらかかってもいい」

「お金のことだけじゃないの。私、娘の世話をするのは全然気にならないのよ」

「だが、フルタイムの仕事に復帰するなら、子守が必要だ」

エリンは足をとめた。気づかないうちにカフェを出て歩き始めていたらしい。勘定はエイジャックスが払ったに違いない。

エイジャックスに目をやる。仕事……仕事のことはずっと頭になかった。なんだか、外の世界を忘れてしまいそうだ。

「フルタイムの仕事に戻るなんて、一度も言っていないわ」

彼は肩をすくめた。「そうするんじゃないかと思っただけだ。君は優秀な弁護士だから」

だがいま、エリンはあることに気づいた。再び歩き出しながら言う。「なんというか……私、自分が一番向いている職業についただけで、じっくり考え抜いて選んだわけじゃないの。父も母も大学教授だから、求める基準がとても高くて。とはいえ二人とも、私にプレッシャーをかけたりはしなかったわ。私は自分で自分にプレッシャーをかけていた」

「つまり、本当は弁護士になりたくなかったってことかい」

「わからない……わかっているのは、想像していたほど仕事が恋しくないってこと。それに、フルタイムで働くために、アシュリングを子守に任せきりにしたいとも思わないわ」

「君はなんでも望みどおりにできるんだよ、エリン。無数の選択肢から好きなものを選んでいいんだ」

エイジャックスはブティックの前で立ち止まった。色とりどりのドレスを着たマネキンがショーウインドーに飾られている。

エリンは言った。「あなたの好きな色じゃないわね。でも、着たらきっと似合うわよ」

「はは」エイジャックスはエリンの腕に手を添えた。「僕向きじゃないな。君のほうが似合うよ」

「でも、ジョルジアーナが一生かかっても着られないぐらいの服を持ってきてくれたのよ」

「そう言わずに。来週には、僕の家族が主催するイベントがあるんだ。そのイベントでは特別な服が必要になる」

「どういうイベントなの？」

「年に一度の親族の集まりだ」

エリンは血の気が引くのを感じた。「私、あなたのご家族に会うべきなのかしら」

「君は僕の子供の母親だ」

「でも、あなたはその子供と関わりを持つつもりはないんでしょう」

エイジャックスの口元がこわばった。「それについては考え直すかもしれない」

「どういう意味？」

彼は髪に手を差し入れた。「君は言ったね。テオの死が、僕に強い影響を与えたのではないかと。あれから考えてみたんだ。そして気づいた。アシュリングに関わるのを避けようとするのは、恐怖心が原因だと。だが、恐れは十分な理由にはならないんだ。僕にとってもアシュリングにとっても、そして君にとっても。君とアシュリングは、もっと多くのものを手に入れてしかるべきだ」

エリンは言葉を失っていた。彼の心境の変化を歓迎すべきなのだろうが、なぜか不安を覚えてしまう。なぜ不安なのだろう。エイジャックスが本心を言っていると信じられないからだろうか。それとも、彼がいつかは心変わりをすると思っているから？

エイジャックスは眉を吊《つ》り上げた。「喜んでくれると思ったんだが」

エリンは顔を赤らめた。「もちろん嬉《うれ》しいわ。でもあなたがいま、アシュリングと関わってしまったら――いつかあなたの気持ちが変わったとき、アシュリングが傷つくことになるわ」

「わかっている。僕もそんなことは望んでいない」

エイジャックスがいい父親になることは、エリンにはわかっていた。彼がテオに愛情を注ぎ、大事にしていたことがそれを証明している。だったらなぜ、私は彼の心境の変化を大喜びできないのだろう。

「中へ入ろう」エイジャックスがブティックを手で示した。

8

ブティックのオーナーはエリンの採寸を終えると、エイジャックスに指示されたとおりの服を選びに行った。

「ジョルジアーナが持ってきてくれた服じゃだめなの？」

「だめじゃないよ。アテネで過ごすにはなんの問題もない。僕はただ、君が気分よく過ごせるようにしたいんだ。僕の家族は保守的で、お高くとまっているから」

「怖いわね」

「だから、ドレスはある種の鎧《よろい》だと思ってくれ」

「そんな……なんだか、あなたの家族に会うのが待ちきれなくなってきたわ」

オーナーが戻ってきて、エリンに試着室へ入るよう促した。エリンはエイジャックスを残して試着室へ入っていった。

オーナーが選んでくれた服はどれも堅苦しくなく、洗練されていて、エリンの好みとかけ離れてはいなかった。細身のパンツとかっちりしたジャケットのパンツスーツもあった。色とりどりのドレスは、丈が長く、ゆったりと流れるようなシルエットだ。絶妙なカッティングのジーンズに柔らかなカシミアのトップス、それにシルクのブラウスもある。あとはイブニングドレスだ。

エリンが試着したのは、レストランやチャリティオークションよりも、もっと格式ばった場にふさわしそうなドレスだった。とはいえエリンには、ジョルジアーナが選んだ服よりもずっと大胆に見えた。

素材が緑のシルクなので、エリンの髪が普段より赤く見える。肩紐《かたひも》は細くて丸く、ウエストの切り込みから肌が露出している。スカート部分にはひだが入っていて、ゆったりと床まで流れ落ちている。

「これは、どうなのかしら……」エリンは言った。

視界の隅で何かが動くのがわかり、顔を上げるとエイジャックスが試着室のカーテンを開けていた。少し離れていても、彼の瞳に炎が宿るのがわかった。

「それをもらおう」エイジャックスは言った。「あと、残りのものも全部」

彼は服の山からジーンズとシルクのトップスを抜き出し、ヒールの高いサンダルを手に取った。

「いまはこれを着るといい」

エリンは抵抗すべきだとわかっていたが、恥ずかしながらも、エイジャックスに指図されることに少し興奮を覚えていた。エリンが着替えると、ブティックのオーナーは、残りのものは全て梱包《こんぽう》してヴィラに送り届けると言ってくれた。

ブティックを出ると車が待機していた。二人が後部座席に乗り込むと、車は発進して混雑した車の群れに加わった。

「どこへ行くの?」エリンは尋ねた。

「ちょっとした食堂だよ」

プラカ地区の美しい広場の端にあるその店は、食堂ではなく高級レストランだった。すでにたくさんの観光客と、おしゃれをした地元の人たちで賑《にぎ》わっている。

二人は目立たない端のテーブルに案内された。テーブルに着くとエリンは言った。「私たちが二人でいるところを世間に見せる作戦?」

エイジャックスは首を振った。「いや、違うよ。僕はおなかがすいているし、君もきっとそうだと思ったんだ。ここにはパパラッチはいない」

「じゃあこれは何? いま、私たちはどういう関係なの? 友人?」

エイジャックスは唇を歪《ゆが》めた。「君のそういう単刀直入なところが好きだよ」

エリンはそれが褒め言葉なのかわからなかった。

「あなたも単刀直入でしょう」

「僕たちは恋人同士だ」エイジャックスは言った。

「お互いに惹《ひ》かれる気持ちが続くかぎりね」

でも、それはいつまで続くの？　エリンはそう尋ねたかったが、ウエイターがやってきたので口をつぐんだ。ウエイターは注文を取ると、水とワインを持ってきた。

エリンは冷えた白ワインをすすった。「どちらかが先に興味を失ったらどうするの？」認めるのは悔しいが、それが自分でないことはわかっていた。

エイジャックスは肩をすくめた。「そのときが来たら考えよう」

「同意書を作成し直さないといけないわ。アシュリングと関わりたいという、あなたの意志を反映させるために」

「急がなくてもいいさ。僕は君を信じているから」

彼が歯を見せてにっこり笑った。そのせいでエリンは、昨夜の営みをまた思い出してしまった。体の秘めやかな部分を、彼に優しく噛《か》まれたことを。エリンは椅子に座ったまま身をよじり、彼に心の中まで読まれなくてよかったと思った。

「ご両親は二人とも健在だったかしら？」彼女は尋ねた。

エイジャックスはうなずいた。「父はビジネスの舵《かじ》取り役を兄に託した。そして、兄が死んだときにその役目は僕のものになった。だから基本的に、父は仕事からは引退している」

エリンは興味をそそられた。「お父さまは事業経営にはあまり情熱を注いでいなかったの？」

エイジャックスは一瞬、不快そうに口を引き結んだ。「父が情熱を傾けるものといえば、そのとき付抱き合っている愛人だろうね。もちろん秘密の愛人だから、その女性が家族の集まりに来ることはない」

「お父さまの行動が気に入らない？」

「母を冒瀆《ぼうとく》する行為だよ。最初に愛人をつくったのは父なんだ。そのせいで母は苦しんだ。とはいえ、母は死んでもそれを認めないだろうけどね。母は父の浮気のせいで精神的にもろくなり、自分が産んだ息子たちとますます関わりを持たなくなった。というのも、彼女の人生の目的が、父と張り合うことになってしまったから。傷ついてなんかいないと、父に思わせるために」

「でも、お母さまは傷ついたようね」エリンは言った。「結局のところ、お父さまに対して愛情があったんだわ」

エイジャックスは何も言わなかった。

エリンは思わず尋ねていた。「ソフィアにも愛人がいたの？」

「ああ、もちろんだよ。僕らはベッドをともにしていなかったから」

「あら」エリンはそれを聞いて気持ちが軽くなる自分がいやだった。「でも、あなたはずっと禁欲生活を送るつもりはなかったんでしょう？」

「正直言って、僕はテオのことで手いっぱいだった。だから最初の数年間は、ほかのことはあまり考えなかったんだ。ソフィアと僕は事前に合意を交わしていた。ある程度の月日がたったら離婚すると。離婚したあとは、僕がテオの親権を独占することになっていた」

「ソフィアは進んであなたに親権を譲るつもりだったの？」

エイジャックスは肩をすくめた。「言っただろう。うちの家の女性たちはあまり子育てをしないんだよ。することを期待されてもいない」

「親になったからって、みんながみんな子供に愛情をを感じるわけじゃないのはわかっているわ。複雑な事情を抱えた人だっているし——でも、あなたは愛を感じていたのね。テオの実の父親じゃないのに」

ウエイターが皿を下げに来て、エリンはびっくりした。最初の料理が運ばれ、それを食べたことにも気づかなかった。エイジャックスといると、外の世界の影響を受けなくなってしまうようだ。

数学の世界に浸りきっている父と二人家族だったエリンは、ずっとしっかり者でいなければならなかった。気を緩めてゆっくり過ごしたことなどなかった。だがギリシアに来てからの日々は、まるで人生で初めての休暇のように感じられる。

とはいえ、そばにいるエイジャックスの存在によって、体も心も激しく乱されてしまうのだが。

いいえ、違うわ。心の声が反論した。心は乱されていないはずよ。

私とエイジャックスの間にあるのは、単なる欲望だ。彼が言ったように、いつかは燃え尽きてしまうはず。

二人はヴィラに戻った。エリンの寝室のドアの前に来たとき、エイジャックスは足をとめた。二人はお互いを見た。エリンの心臓が早鐘を打つ。二人の間にある空気が、声にならない欲望で満たされ、ぱちぱちと音をたてるようだった。エリンは中に入り、アシュリングの様子を確認した。アシュリングはぐっすり眠り、ダミアの部屋へと続くドアは開いている。エリンは寝室を出ると、廊下で待っているエイジャックスのそばへ行った。

彼が差し出した手を、エリンはつかんだ。

エイジャックスの部屋に入ると、二人はあっという間にベッドの上で裸になっていた。エリンの体の上で、エイジャックスのたくましい体が巧みに動く。エリンは自分の思いが彼に気づかれないよう願った。エイジャックスは私の中からたくさんの感情を引き出してしまう。もう否定できないわ。いまはただ、喜びの波に洗われたあとも、ばらばらに砕けずにいられるよう願うしかない。

目覚めた途端、エリンの頭は混乱した。彼女はベッドに一人きりだった。そしてすぐに記憶がよみがえってきた。昨夜、切羽詰まった欲望に駆られたこと。そして、激しい嵐の余韻に浸りながら、自分がばらばらになったような気がしたこと。でも同時に、これまでにないほど、自分が完全な存在になったと感じられたこと。

それで、思わず眠っているエイジャックスを置いて彼のベッドを出てしまったのだ。アシュリングの様子を確認してシャワーを浴びたあと、自分のベッドに入った。そしていま、エリンは窓の外に目をこらし、パニックに襲われて上体を起こした。すっかり太陽がのぼっている。

エリンはベッドから飛び出し、まっすぐ子供部屋へ向かった。誰もいない。きっとダミアが、朝食をとらせようとアシュリングを下へ連れていってくれたのだろう。

エリンはすばやく顔を洗い、デニムのショートパンツとゆったりしたトップスに着替えた。裸足《はだし》で階段をおり、声がするほうへと歩いていく。

テラスに出た。そこにはダミアとアシュリングだけでなく、エイジャックスもいた。彼は顔をナプキンで覆って、ベビーチェアに座ったアシュリングといないいないばあをして遊んでいる。朝食の残骸――食べ物のかけらやスプーンなどが、床に散らばっている。

エイジャックスがナプキンの下から顔をのぞかせるたび、アシュリングは歓声をあげた。アシュリングと同じように、私も喜ぶべきだ。エリンはそう思った。だが、なぜか不安をかき立てられた。

エイジャックスがアシュリングと遊んでいる姿を見て、なぜ嬉《うれ》しい気持ちにならないのか、その理由を考える気にはなれなかった。エリンはいま、恐怖すら覚えていた。私はきっと、アシュリングが傷つくのを恐れているんだわ。自分にそう言い聞かせた。いつかエイジャックスが飽きて心変わりをしたら、楽しかった時間は全て、心の痛みを引き起こす原因になってしまう。

でも、エイジャックスは私の母とは違う。エリンの心の声がつぶやいた。

アシュリングはエリンに気づくと、すぐに両腕を伸ばした。「ママ、ママ」

エイジャックスとの時間を邪魔したことに罪の意識さえ感じながら、エリンはアシュリングを抱き上げた。アシュリングはエリンに身をすり寄せた。

エイジャックスが立ち上がった。彼が視線を向けてくるのがわかり、エリンは顔を赤らめまいとした。

片腕でアシュリングを抱いたまま椅子に座り、自分のカップにコーヒーを注《つ》いだ。

エイジャックスが言った。「僕は数時間オフィスへ行ってくる。飛行場で君たちと落ち合うよ。アシスタントが君の荷造りを手伝いに来てくれる。飛行場までは運転手が送る」

エリンは顔を上げた。「わかった。準備するわ」

エイジャックスがテラスからいなくなると、エリンはダミアに言った。「この子を起こしてくれてありがとう。私、全然物音に気づかなかったわ」

ダミアは明るい声で言った。「私もですよ！ミスター・ニコラウがアシュリングを起こして、おむつを替えて服を着せ、下に連れてきたんです」ダミアは立ち上がった。「片付けをして、準備をしてきますね。用があるときは大声で呼んでください」

ダミアはキッチンへ歩いていった。エリンは座ったまま、呆然《ぼうぜん》としていた。エイジャックスが、アシュリングを起こしておむつを替えた。父親としては別に珍しい行動ではない。だが、ちょっと前まで娘の人生に関わらないと主張していた男性にとっては、その行動は境界線を踏み越えたどころではない。境界線を破壊して、燃やしたも同然だ。

エリンは落ち着こうとした。これはいいことだわ。エイジャックスはテオの面倒を見ていたから、赤ん坊の世話には慣れているのだ。おむつを替えることぐらい、彼にとってはたいしたことじゃない。彼は打ち明けてくれたじゃない。テオの親権を独占するつもりだったと。彼は自分の子供の世話を、人任せにはしないタイプなのだ。

もう一度自分に言い聞かせる。これは喜ばしい、前向きな変化なのだと。でも、だったらなぜ、こんなに落ち着かない気持ちになるの？

島のヴィラへ戻ると、アガサが大喜びで出迎えてくれた。ダミアは大おばと会えたのが嬉しくてたまらないらしく、早口のギリシア語で勢いよくしゃべりかけた。アガサのほうも、楽しげな声をあげながら応じている。

まるで家に帰ってきたような気分になり、エリンは驚くと同時に、少し戸惑いも覚えた。

エリンが反論する間もなく、アガサとダミアはアシュリングを連れてヴィラの中へ入っていった。エイジャックスはエリンの手を取り、階段をのぼって彼の寝室に入ると、ドアを閉めた。

「エイジャックス、私たち、いま着いたばかりだし……アシュリングを着替えさせて、何か食べさせないと」

「アガサとダミアがやってくれているよ」

エリンの背中はドアに押しつけられていた。エイジャックスはエリンの顔を挟むようにして、ドアに両手をついた。かがんで彼の体から逃れることはできるが、エリンはそうしたくなかった。彼の貪欲なまなざしを楽しんでいたかった。

彼女は顎を上げた。「そう。じゃあ、私たちはこれから何をするの？」

「僕がずっと君としたくて、まだやっていないことがある。だって僕が目覚めると、いつだって君はいなくなっているからね」

「ずっとしたかったことって？」

「一緒にシャワーを浴びることさ」

エリンはうっとりした。溶けてエイジャックスの足元で水たまりになってしまいそうだ。だが、なんとか平然を装ってこう言った。「そういえば私、少し埃《ほこり》っぽい気がするわ」

エイジャックスはエリンの手を握り、バスルームへいざなった。「じゃあ、埃を洗い流すのを手伝ってあげよう」

エリンはおぼつかない足取りでエイジャックスについていった。いまの状況を、理屈をつけて正当化しようとするのは、もうやめてしまった。

「私の服装、ちょっと派手じゃないかしら」

エイジャックスは運転席からちらりと視線を投げた。「すごく似合っている」

二人はディナーを食べに地元のレストランへ向かっていた。エリンはダミアが選んでくれたドレスを着ていた。クリーム色のシルクでできた、丈の長い袖なしのラップドレスだ。エリンは顔にこぼれ落ちてきた髪を耳にかけた。

「髪が伸びてきたね」エイジャックスは言った。

エリンは顔をしかめた。「髪を切ったのは、アシュリングがつかんで引っ張るからだったの、それと――」

そこで言葉をとめた。詳しく説明するつもりはなかった。

当然ながら、エイジャックスはエリンの様子に気づいていた。

「それと……なんだい？」

ためらいがちにエリンは口を開いた。「それと、母を思い出してしまうからよ。母の長い髪……私、大好きだったの。小さいころベッドに寝転がって、母の髪に手を巻きつけていたのを覚えているわ。たぶん、なんとなくわかっていたのね。母がいつかいなくなるって」

「つまり、実用的な理由から髪を切ったが、それは同時に、お母さんのようにはならないという意思表明でもあったということ？」

エリンはエイジャックスを見た。彼をにらみたい気分だった。彼はとても鋭いときがある。「そんなふうに考えたことはなかったわ」

エイジャックスは静かな通りに車をとめた。車を降りると、空気は暖かくてさわやかだった。日は沈み、空ではピンクと赤茶色と金色が何層にも混ざり合っている。

二人は石畳の通りを水辺に向かって歩いた。立ち並ぶ家々の壁は白と青で統一され、色とりどりの花が、植木鉢やプランターからあふれるように咲いている。子供たちははしゃぎ声をあげながら、家を出たり入ったりして走り回っている。

エリンは思わず笑みを浮かべた。アシュリングにも、こんなふうに楽しげに走り回ってほしい。でも、将来アシュリングがギリシアで過ごすときには、私は一緒にいないだろう。アシュリングは父親と過ごすため定期的にギリシアを訪れ……そして、父親だけでなく異母きょうだいたちとも交流するだろう。エリンは考えずにはいられなかった。エイジャックスはそのうち、もっと子供を持ってもいいと思うようになり、別の女性と再婚するかもしれない……。

エリンが一人でぐるぐる考えていると、隣にいたエイジャックスが言った。「顔を上げてごらん」

エリンは顔を上げてはっと息をのんだ。二人はこぢんまりとした港にいた。波が二人の前にある防波堤に打ち寄せ、停泊しているいくつものヨットが、水の上でゆらゆらと揺れている。港の両側に飲食店が立ち並び、地元客と観光客で賑わっていた。キャンドルやライトの光が明るく華やかな雰囲気を醸し出し、小さなレストランの店内からは心地よい音楽が聞こえてくる。ハンサムなウエイターたちが店の前で呼び込みをしている。

エイジャックスはエリンを連れて港の左側へ移動し、一番外れにあるレストランへ入った。レストランの支配人はエイジャックスを旧友のように歓迎し、水辺に近いテーブルへ案内した。

「すてきなところね」エリンは言った。「こんなところへ来たのは初めて」

「ヨーロッパに来たことがなかったのかい？」

エリンは鼻にしわを寄せた。「修学旅行でロンドンやパリに行ったことがあるだけ。学生時代は勉強で忙しくて、そのあとは仕事で忙しかったから。夏のあいだは働いていたし」

「お母さんが定期的に送金してくれていたのに？」

「ええ。ちょっとみじめで退屈な生活よね？」

彼はかぶりを振った。「僕のほうもいわゆる旅行はしたことがないな。仕事で世界中を飛び回ってはいるけどね。こういう場所は、二十八歳で初めてやってきて、その良さを心から楽しむほうがいい。十八歳のときに修学旅行でさっと立ち寄り、すぐに忘れてしまうよりはね」

エリンは海に目をやった。漁船の明かりが小さく見え、月がのぼろうとしている。「これは決して忘れられないわ」

ウエイターがギリシアワインと料理を運んできた。素朴な料理だが美味だった。魚はとても新鮮で、海を味わっているようだ。

料理の皿が下げられるとき、エリンは後ろにもたれて、デザートを断った。「もう一口も食べられないわ。本当においしかった」

ヴィラへ戻ると、エリンは庭を歩いて、プールのほうへ進んでいった。

エイジャックスが足をとめる。「どこへ行くんだ？」

エリンは振り向いたが、そのまま後ろ向きに歩き続けた。「泳ぎに行くの」

エイジャックスは首を振り、エリンを追いかけて茂みの間の道を進んだ。プールの水面が月の光に照らされていたが、彼は水中照明のスイッチを入れた。

「ここが一番深いんでしょう？」

「そうだが……」エイジャックスは言った。エリンは何を考えているんだ？

だが、エイジャックスがあれこれ考える間もなく、エリンはサンダルを脱いでプールの縁の上に立ち、服を着たまま、しなやかな動きで水に飛び込んだ。彼女はもぐったまま、コースの端まで泳いでいった。端まで来て足をついて立つと、両手で髪をかき上げた。

エイジャックスは脚がぐらつきそうになり、膝に力をこめなければならなかった。水に浸《つ》かったドレスが透けて、胸のふくらみも、その先端の形もはっきり見えている。彼女の秘めた部分を覆っている、両脚の付け根の三角地帯も。

視線を上げると、エリンがじっと見つめていた。

エイジャックスは服を脱いで、しぶきもあげずに水に入った。もぐって進み、エリンの足元まで来ると、彼女のふくらはぎをつかんで引き寄せた。

二人は水中で見つめ合った。エイジャックスは、いま目の前にいるのは海の妖精で、彼女のことを本当に理解することはできないような、そんな感覚に陥った。

エイジャックスはエリンの唇に唇を押し当てた。彼女は両腕を彼の体に回した。二人は強い力に駆り立てられていた。水面から顔を出すと、酸素を求めて激しくあえいだ。

エイジャックスはエリンのラップドレスの前を開けて脱がせ、脇に投げ捨てた。ブラジャーは透けていた。彼はそれを外すこともせず、布地の上からふくらみを手で包み、口でくわえた。吸ったり噛んだりしているうちに、胸の頂が硬く張りつめていった。

エリンが苦しげなあえぎや、嘆願の声をもらしているのにも気づかないほど、エイジャックスは一心不乱だった。水の中に手を伸ばして、エリンの下着と自分の下着をおろす。彼女の体を持ち上げ、両脚を自分のウエストに巻きつけさせる。

エリンはプールの壁にもたれた。

エイジャックスの体が痛いほど張りつめたが、彼はすぐに自分の欲望を満たすことはせず、広げた手をエリンのおなかから胸、そしてさらに上へと移動させ、ほっそりとした首や顎のラインを撫《な》でた。

エリンの見開いた目は、欲望でぎらついていた。

「お願い、エイジャックス……」

エイジャックスはエリンの体をわずかに引き上げ、ひと思いに彼女の中へ分け入った。エリンは頭をのけぞらせた。

エイジャックスは最初、ゆっくり出入りを繰り返していたが、やがて動きを速め、激しく突き入れた。エリンは頭を起こし、唇を噛んだ。エイジャックスが自らの唇で彼女の唇をふさいだそのとき、歓喜の嵐がエリンをとらえ、彼を包んでいる部分が激しく収縮した。

エリンの奥深くに埋まったまま、エイジャックスは解き放たれた。エリンのぬくもりに締めつけられ、全てを絞り上げられるのを感じながら。

喜びの余韻の中、徐々に現実世界へ引き戻され、激しい息づかいも落ち着いてくると、エイジャックスは頭の隅で何かが引っかかるのを感じた。だがいまは、それに意識を集中させることができなかった。

彼はエリンの体を離した。自分にむち打ってなんとかプールから出ると、今度はかがんでエリンの体を引き上げた。

エリンの手を取って脱衣小屋へ連れていくと、バスローブを二着取り、エリンが着るのを手伝った。とろんとした目をして、肌を上気させたエリンはぼんやりして見えた。エイジャックスは自制心を保とうとするかのように、エリンのバスローブのウエストの紐をきつく締めた。

彼はバスローブを身につけ、二人が脱ぎ捨てた服を拾ってから、エリンの手を取り、ヴィラのほうへ歩いていった。

芝生を半分進んだあたりで、エリンが立ち止まって手を離した。エイジャックスが目をやると、彼女は青白くなっていた。「避妊具よ。私たち、使わなかったわ」

そのとき、エイジャックスの中に残っていた欲望の嵐が収まった。引っかかっていたのはそれか。だが、なぜだかパニックには襲われなかった。普段避妊を欠かさない男にとっては驚くべきことだ。

エリンの表情はパニックそのものだったが、彼女は少し落ち着くとこう言った。「大丈夫よ。安全日だと思うから」

そう言われても、たいして安堵《あんど》を覚えないのはなぜなのか、エイジャックスは突きつめて考えたくなかった。「それはよかった……すまない、僕のせいだ。やめるべきだった」

9

激しい情熱の余韻と、避妊具なしで交わったことによるパニックで、エリンの心臓はまだ波打っていた。でも、避妊に関してはきっと大丈夫だわ。

背に月の光を受けたエイジャックスの顔からは感情が読み取れなかったが、なんとなく、彼のほうもそんなに動揺していないように思えた。

エリンは後ろに下がった。「そろそろ行くわ。アシュリングの様子を見に行って……眠らないと。おやすみなさい、エイジャックス」そして体の向きを変えた。

「それってまずいことなのか？」

エリンは立ち止まり、振り返った。エイジャックスの顔はまだ影になっている。

「いま、なんて言ったの？」

エイジャックスが前に進み、ヴィラからもれる柔らかな光の中に出た。

「もし君が妊娠したら――それってそんなにまずいことなのか？」

エリンは彼が言ったことを理解するのに少し時間がかかった。「もちろんまずいわよ。何を言っているの」

エイジャックスはさらに一歩踏み出し、エリンとの距離を縮めた。真剣な表情を浮かべている。「考えてもみてくれ。僕たちにはすでに子供がいる。僕たちは肉体的に強く惹《ひ》かれ合っているし、互いに好意も持っている。君とアシュリングのおかげで、僕は過去の誓いに反して、もう一度、家族を持とうかという気になっているんだ」

互いに好意を持っている。

せいぜいその程度の感情なのだ。好意を持っているだけでは、家庭を築き、長い人生をともにしていくことはできない。

愛が必要なのだ。

エリンはわき上がってきた妙な考えを抑え込んだ。愛は欲しくない。でも、好意だけでは不十分だ。かぶりを振って言う。「あなたが言ったのよ、私たちがお互いに抱いている欲望は、ずっとは続かないって。あなたは数日前まで、頑《かたく》ななまでに娘と関わろうとしなかった。それに忘れたの？　あなたは私を捨てたのよ」

エイジャックスの顔がこわばった。「僕は君を忘れたことはなかった」

「あなたがまだ私のことを考えているなんて、思いもしなかったわ」

「君に会いに行ったじゃないか」

エリンはあきれたように目をぐるりと回した。彼に別れを告げられたときの胸の痛みや屈辱感を、いまでもはっきり感じることができる。「その口ぶりからすると、あなたは私がずっとあなたを待っていると思っていたみたいね。私が止まった時の中にいて、ひたすらあなたに恋焦がれていたとでも？」

エイジャックスの顎がぴくりと動いた。「僕のやり方がまずかったのは認める。君に対する欲望が強すぎて、君の存在があまりにも近くなってしまったから、僕は怖くなったんだ。君を手放すべきじゃなかった」

「でも、あなたは手放したわ」エリンは手を振った。「いいの。もう過ぎたことだから。私たちはいま起きていることを考えないと。私たちには娘がいて、二人とも彼女の未来を守ろうとしている。あなたがあの子に関わろうとしてくれるのはありがたいけど、私、あなたと家庭を築きたいとは思わないわ」

「ほかの男と家族を持つつもりかい。僕たちの娘を、実の父親ではない男に育てさせたいのか。あの子に父親の違うきょうだいを与えるつもりなのか？」

「べつに悪いことじゃないでしょう。そういう家族はたくさん――」

「わかっているよ」エイジャックスは口を挟んだ。「悪いと言っているんじゃない。もしそれが、自然に起きたことならね。だが僕たち二人なら、同じ考えを共有して未来を築いていけると思う。考えを共有していなくたって、結婚生活を成り立たせている人たちはいる。君が言ったんじゃないか――そういう結婚にも利点はあるって」

私、そんなこと言った？　言ったとしても、そういう意味ではないわ。エリンは混乱した。私はとにかく、アシュリングに傷ついてほしくない。父親に拒まれたり、見捨てられたりしてほしくない。いま、エイジャックスは私に、もっと子供をつくらないかと提案している。それはリスクを増大させる行為だ。

私がまた妊娠して、エイジャックスが心変わりしたらどうなるの？　テオを失ったときの心の傷を克服できず、私たちの人生に関わるのをやめてしまったら？

エイジャックスが心変わりをしたのはつい最近のことだ。あまりに急なことで、信用するのは難しい。それをエリンは自分に言い聞かせた。「だめよ。いい考えだとは思えないわ」

かぶりを振って言う。

「僕は結婚を提案しているんだ、エリン」

「じゃあ、これはプロポーズなの？」

エイジャックスの顎の筋肉がふたたび引きつった。

「最もロマンチックな形ではないかもしれないが、そうだ」

彼は私と結婚したいと思っている。愛やロマンスとはかけ離れた理由で。それがわかったいま、エリンは気づいた。私は愛が欲しいのだ。たとえ向き合うのが怖くても、愛がなければ幸せな人生は送れない。いつかきっと、私は愛を見つけることができるはず。エイジャックスではなく、ほかの誰かと。

「ロマンスは関係ない。それはわかっているわ。でも、思うの。もし私の両親が、本当にお互いに愛情を抱いていたなら、母は家を出なかっただろうって。心から愛していたなら父を捨てなかったでしょうし、私に対しても愛情があったなら、そばにいようと努力したはずだわ」

エリンにはエイジャックスがどう反応するのかわからなかった。まるで崖っぷちに立っているような気分になり、めまいを覚えた。

エイジャックスは口を開いた。「僕は君に愛は与えられない。でも君を支え、尊敬し、忠実でいると約束する」

エリンのめまいが消えた。もちろん彼は、私を愛してなどいない。私だって彼を愛していない。彼の愛が欲しいとも思っていない。

「偽りの関係を結婚生活に発展させて、さらにもっと子供をもうけるなんて——そんなことをするよりも本音で生きたほうが、アシュリングにとっていい親でいられるわ」彼に何か言われて混乱させられる前に、エリンは続けた。「私たち、もうしないほうがいいと思う」

「しないって何を？」エイジャックスは尋ねた。

「その……」エリンは顔が熱くなった。「セックスよ」

二人の間の空気が、緊迫感で振動したような気がした。

「じゃあ、君はもっと多くのものが欲しいというのか？　本物の恋愛感情とか、愛が欲しいと？」

「たぶんね……それってそんなにいけないこと？」

「愛は与えられないと言っただろう」

「わかっているわよ」エリンはむなしさを感じた。

エイジャックスの険しい顔を見て続ける。「私たち、ニューヨークへ戻ったほうがいいんじゃない？」

だが彼はかぶりを振った。「うちの家族の集まりはどうなるんだ？　少なくとも、アシュリングには会わせるべきだよ」

こんなやりとりを経ても、エイジャックスは私をギリシアから追い出そうとはしていない。そのことに、エリンはなぜだか安堵《あんど》を覚えた。

「この週末に集まりがある。僕らは近くの島に数日滞在することになっている。そのあいだに僕の広報部のスタッフが、ニューヨークの報道が落ち着いているか確認する。全てすめば、君はニューヨークへ戻れるはずだ」

エリンはエイジャックスを見た。「それが一番いいと思うの。そのあとは、アシュリングに合った生活スタイルをつくっていかないとね」

エイジャックスの中の全てが、プロポーズに対するエリンの冷めた反応を拒絶していた。僕が――エイジャックス・ニコラウがプロポーズしたというのに！　だがその瞬間、彼は自分の傲慢さに気づいた。エリンが大喜びして足元に崩れ落ちると思っていたなんて。

彼女はそんなことはしない。わかっていたはずじゃないのか？

だが、もうセックスはすべきじゃないという彼女の主張は……。

セックスの余韻でまだ肌が紅潮しているというのに、なぜそんなことが言えるんだ？

エリンは愛について話していた。もちろん僕は彼女を愛してはいない。テオの死は僕を打ちのめした。もしアシュリングに何かあったら、僕はまためちゃくちゃになってしまうだろう。とはいえアシュリングについては、僕は、もう二度と残酷なことはしないでくれと天に祈ることしかできない。

だがエリンについては……以前、僕に破滅をもたらした感情を、彼女に対して抱いているのだとしたら……。

だめだ。考えただけでぞっとしてしまう。

エリンはこちらを見つめ、僕が何か言うのを待っている。愛を除けば、彼女が言ったことは全て受け入れられる。だが、セックスについては……。

エイジャックスは互いの体が触れそうなほどエリンに近づいた。「いきなり求婚して、驚かせてしまったのはわかっている。ここでそんな話をするつもりじゃなかったんだ……だが、最終的な決断を下す前に、じっくり考えてみてほしい」

エリンの口元がこわばった。「わかったわ」

彼女が立ち去る前にエイジャックスは言った。

「それと、セックスに関してだが……僕はこれまで一度も女性にセックスを強要したことはないし、するつもりもない。だがもし君が、僕たちの仲はもう終わったと思っているなら、君は欲望に抗《あらが》う力があることを証明しなければならない」

エリンの顔が真っ赤になった。エイジャックスは彼女を残して、のんびりとヴィラへ戻っていった。

数日後、エリンはまだ、プールでの交わりのあとのエイジャックスの爆弾発言について考えていた。あのときの彼は……まるで、抗えるなら抗ってみろと言わんばかりだった。

あれ以来、ありがたいことに彼はオフィスで仕事ばかりしていて、食事のときにしか姿を見せなかった。あるいは、アシュリングと遊ぶときしか。アシュリングはいまや、エイジャックスのことが大好きになっていた。

アシュリングが父親との結びつきを深めているのを見て、エリンは喜びと同時に恐怖も覚えた。父親との絆《きずな》が強まれば強まるほど、アシュリングが傷つく可能性が増える。もし、エイジャックスがアシュリングを見捨てるようなことがあったら……。

そして、あのプロポーズだ。あれは現実に起きたこと？　それとも、私は夢を見ていたの？　いずれにしても、あれはプロポーズとは言えない。提案だ。

エイジャックスとの結婚に応じたらどうなるだろう。互いに対する欲望が徐々に消え、共同生活を送る同志としての感覚に取って代わられる……そういう結婚生活を考えただけで、体に震えが走った。これまでずっと、そういう生活を送ることもできると自分に言い聞かせてきたが、皮肉にも、エイジャックスのおかげで気づいてしまった。自分がもっと多くを求めていることに。

アシュリングの嬉《うれ》しそうな声が後ろから聞こえた。エリンたちはいま、飛行機でエイジャックスの家族が所有する島へ移動していた。

後ろを向いたエリンの心がとろけた。アシュリングはエイジャックスの膝に座り、エイジャックスが読んでいる書類を、手を伸ばしてつかもうとしている。エイジャックスは書類を置いて、アシュリングを持ち上げて自分と向かい合わせた。アシュリングはエイジャックスの顔に手を当てた。

エリンは立ち上がり、エイジャックスのそばまで歩いていくと、両手を差し出した。「私が抱いているわ。あなたは仕事をして」

エイジャックスはアシュリングを持ち上げてエリンに渡した。一瞬二人の手が触れ合い、エリンは欲望の火花を感じて歯を食いしばった。だめよ。

エイジャックスは言った。「いずれにせよ、もうすぐ到着だ」

エリンは急に不安になって近くの座席に腰をおろした。「それで、今回の集まりには誰が来るの？」

「僕の両親、おじとおば、それにいとこたちだ。ソフィアの家族も何人か来る。ソフィアの実家は、ギリシアで最も由緒ある有力な一族だからね。結局のところ、兄がソフィアと婚約したのもそれが理由だ」

「ご家族にとってもつらかったでしょうね……ソフィアとテオの死は」

「どうかな。僕らの結婚は、二つの家族を結びつけるためのものであって、彼らが気にしているのもそれだけだったからね」

「それってなんだかとても……人間味がない話に聞こえるわ」

エイジャックスは肩をすくめた。「それが彼らの住む世界さ。そういうふうに育てられているんだ」

エリンはアシュリングの体をさらに引き寄せた。

エイジャックスはその姿を見て言った。「でも、僕はそういうものは望んでいない」

彼はエリンをまっすぐ見据えた。あの求婚はいまも有効なんだわ。

動揺しているのを彼に気づかれる前に、エリンはすばやく自分の座席に戻った。そのあとはずっとアシュリングの面倒を見て、ほかのことは考えないようにした。

そこは小さな、美しい島だった。港町は賑《にぎ》わい、白と青の家々が海に面して立ち並んでいる。エリンたちの乗った車は、港を背にして丘をのぼっていった。遠くに見える、緑に囲まれた大きなヴィラを目指して。

島の飛行場に着いたとき、少なくとも十機以上のプライベートジェットがとまっているのにエリンは気づいていた。緊張でおなかがずきずきする。アテネで人々に〝悪徳弁護士〟と呼ばれたことを思い出す。彼らはこうも言っていたわ。エイジャックスには私と結婚する気などないと。それについては間違っていたわね。

もし私がそうしたいなら、エイジャックスと結婚できる。でも、私はそれを望まない。

エリンはジョルジアーナとビデオ通話をして、服を選ぶのを手伝ってもらった。いまはゆったりとした、薄い青色のセットアップを着ている。ボトムスはキュロットで、ジャケットの下はクリーム色のシルクのトップス、足元はウェッジサンダルだ。いつもより少し濃いめに化粧をして、ジュエリーは最低限にとどめた。

アシュリングにはかわいらしいロンパースを着せ、お揃《そろ》いの帽子をかぶせたが、アシュリングはその帽子をずっと脱ごうとし続けている。

私はいま、娘をライオンの巣へ連れていこうとしているのだ。エリンの中で、アシュリングを守らなければならないという気持ちが急に込み上げ、思わずエイジャックスに、引き返して家に連れて帰ってほしいと頼みそうになった。

家。

ギリシアを家だと思ってはいけない。ニューヨークこそが私の家だ。私とアシュリングはニューヨークで暮らしていくのだ。

ヴィラに到着し、車は広大な中庭でとまった。制服を着た使用人たちが出迎えてくれた。ダミアは後ろの車に乗っている。ダミアがいてくれてよかった、とエリンは思った。アシュリングの世話を手伝ってくれるからというよりも、気心の知れた人がそばにいるとほっとするからだ。

エリンは車を降り、アシュリングを座席から抱き上げた。アシュリングはくたびれているようだった。機内では興奮してずっと起きていたから、これからぐずりそうだ。

エイジャックスはエリンの背中のくぼみにそっと手を添えた。服の上からでも、彼の手は燃えるように熱く感じられた。

「紹介をすませてしまったほうがよさそうだ」

彼はエリンを連れてヴィラへ入っていった。中は広々としていた。エリンは中に入ったとき、ひんやりとした冷気を感じた。外の暑さを考えるとありがたいはずなのだが、その冷たさは、人の温かみを感じさせないたぐいの冷たさだった。

ぴかぴかの白い家具。高価なアート作品。誰も触れたことがなさそうに見える調度品……。

そのとき、ほっそりした熟年女性が現れ、二人のほうへ歩いてきた。背が高く白髪で、瞳の色は明るい。美しいがよそよそしい印象を受ける。エイジャックスの母親に違いないと、エリンは思った。

女性と音だけの軽いキスを交わすと、エイジャックスは言った。「母さん、久しぶり」

そっけない挨拶を交わす二人を、エリンは目を丸くして見つめていた。アシュリングすら言葉を失っているようだった。

女性はエリンとアシュリングに目を向けた。エイジャックスはエリンに体を近づけた。

「母さん、こちらがエリン・マーフィー。そして、母さんの孫のアシュリングだよ。エリン、母のアンドロメダだ」

アンドロメダは手を差し出した。「はじめまして、エリン」

エリンは彼女の手を握った。「はじめまして」

アンドロメダの青い瞳がアシュリングに向いた。

「それで、この子がそうなの?」

エイジャックスは平坦《へいたん》な声で言った。「そうだよ、母さん。あなたの孫ですよ」

「アシュリングね。アイルランドの名前なんでしょう。調べたのよ」

エリンは驚いたが、顔には出すまいとした。

「かわいいわね。それに、すごく似てい――」アンドロメダはそこで言葉をとめた。

テオに似ている、と言おうとしたのだろう。さらに驚いたことに、エリンはそのとき、アンドロメダの顔に何かの感情がよぎったような気がした。だがすぐにそれは消えた。

アンドロメダは後ろへ下がった。「お父さまはテラスにいるわ」

テラスへ向かいながら、エリンは震える息を吐いた。

エイジャックスの父は、背が高いハンサムな男性だった。彼はエリンにもアシュリングにもたいして興味を示さなかった。

アシュリングがもぞもぞし始め、エリンはそれを口実にその場をあとにした。

エイジャックスはエリンとアシュリングを連れて中へ戻った。使用人に案内されて二階に上がると、エイジャックスは言った。「それで？　どう思った？」

エリンは正直に答えた。「あなたが言ったとおりの人たちね」

彼女は広い寝室へ通された。バスルームと着替え室がついていて、奥にはさらに別の部屋がある。そこは、かわいらしい子供部屋だった。

「ご両親がわざわざしつらえてくれたの？」

エイジャックスが背後から答えた。「いや。ここはテオの部屋だったんだ」

エリンは不安になって振り返った。「いいの？」

驚いたことに、エイジャックスは平気そうだった。悲しげではあるが。エリンの胸が締めつけられた。

「テオが死んだあと、僕はこの部屋に来たことがなかったんだ。テオが使っていたものはもう何もないよ。両親が処分してくれた」

「アシュリングは私と一緒の部屋にいてもいいのよ。この部屋を使う必要はないわ」

エイジャックスは首を振った。「いや、いいんだ。ここがまた使ってもらえるのはいいことだ」

エイジャックスがまた別のドアをノックすると、少ししてダミアが現れた。ダミアも隣の部屋にいてくれるようだ。

アシュリングが手をぱちぱちとたたいた。ダミアはアシュリングを抱こうと腕を伸ばした。「着替えとお昼寝をさせますね」

「任せていいの？」エリンは言った。

ダミアはうなずいた。「もちろんです。そのためにここにいるんですよ」

「わかったわ、ありがとう。何かあったら大声で呼んでね」

エイジャックスは言った。「敷地を案内するよ」

エリンはエイジャックスのあとについて敷地内を回るうちに、ニコラウ家の富の大きさを痛感した。エイジャックスは豊かさをさりげなくまとっているから、彼が特権階級の人間だということを簡単に忘れてしまう。

見渡すかぎり庭園が広がり、草木の手入れをしている庭師の姿がたくさん見える。ゲストハウスもいくつかある。野外階段はプライベートビーチへと続いていて、ビーチに設置された桟橋には小型のヨットが係留している。

二人は海を見晴らせる崖の上に立った。地平線上に小さな島がいくつも見えている。

「うちの家族はほとんどが、島にヴィラを所有している。親戚や家族ぐるみの友人はゲストハウスに泊まるが、君は彼らに気づかないと思うよ」

「ご両親に友人がいるの？」

エイジャックスはくすくす笑った。「いるよ。彼らなりにね」

エリンは体に温かいものが広がるのを感じた。こんなふうに彼と過ごしていると、とても気が楽だ。

エリンは彼の手に自分の手を滑り込ませて、握りしめたくなった。彼の家族のよそよそしさを、激しい情熱で消し去ってあげたくなった。

でもそれは私の役割じゃない。それに、私は彼に屈するつもりもない。

エリンは後ろへ下がった。「今夜の集まりはどこで開かれるの?」

「別のヴィラを借りてやる」

「このヴィラじゃだめなの?」

エイジャックスは口の端を少し上げて、首を振った。「ここじゃ、ニコラウ家の卓越した力を誇示するには不十分なんだ」

「中に入って何か食べて、ダミアにも数時間休んでもらうわ。今夜はアシュリングを見てもらわないといけないし」

「出発前に迎えに行くよ。五時ごろに」

エリンはうなずいた。「わかったわ」

10

エイジャックスの両親のヴィラも豪勢だったが、このヴィラはまったくの別次元だった。どうやら別の大富豪が所有し、住まいにせず貸し出しているらしい。

それは高くそびえる三階建ての、白い現代的な建物だった。今回の集まりのためにイベント運営チームによって空間が整えられ、ランタンやライトが飾りつけられている。白黒のツートンカラーの制服を着た給仕係が、スパークリングワインやカナッペののったトレイを持って、二百人はいそうな招待客の合間を縫って歩いている。カナッペは見た目がきれいすぎて食べるのがもったいないぐらいだ。だからエリンは食べなかった。そうでなくても、イブニングドレスを食べ物で汚してしまうのが怖かった。

今日着ているイブニングドレスだが、エリンは最初、大胆すぎると思って躊躇《ちゅうちょ》していた。だが、ジョルジアーナに説得された。彼女の言うとおりにしてよかった、とエリンは思った。いまのエリンは完璧に場に溶け込んでいた。クリーム色のシルクのドレスはホルターネックで、背中がむき出しになっている。前も首からへその部分までがぱっくりと開いていて、絞るようなデザインのウエスト部分にはラインストーンで飾りが施されている。ひだの入ったスカートは長さが床まであり、足元にはヒールの高いシルバーのサンダルを合わせた。

集まりが開かれる島までヘリコプターで移動するとエイジャックスに言われたとき、エリンは気絶しそうになった。いまもエリンは興奮状態だった。背中に添えられたエイジャックスの手は、興奮を落ち着かせるどころか逆効果だ。

エイジャックスはエリンを連れて人混みに近づき、次々に紹介した。すぐにエリンは、エイジャックスの遠い親戚や知人に紹介されるたびに、うなずいてにっこりするのに慣れてしまった。

どの人もみな礼儀正しかったが、どこか温かみや楽しげな雰囲気に欠けていた。

一休みしているとき、エイジャックスはエリンを見て尋ねた。「大丈夫か?」

エリンはつくり笑いをした。「大丈夫よ」

そのとき、隣にいるエイジャックスの体がこわばるのがわかった。男女が近づいてくる。おそらく六十代で、エイジャックスの両親のように美しく洗練されている。エイジャックスは二人と挨拶を交わすと、言った。「エリン、紹介するよ。ソフィアのご両親のカラキス夫妻だ」

エリンの心が痛み、気がつけば二人の手を取って口走っていた。「娘さんのこと、お気の毒に存じます。どれほどおつらかったか想像もできません」

ソフィアの母はきょとんとしてエリンを見た。まるで、エリンの言葉がまったく理解できないかのようだった。そして二人は離れていった。

「いまのはなんだったの？　私、お悔やみの言葉をかけちゃいけなかった？」

エイジャックスはかぶりを振った。「いや、もちろん構わないよ。君は正常な世界に住んでいる。人が感情を抱いたり、誰かを思いやったりするのが当たり前の世界にね。だが彼らの世界では、人の死は損失ではあるけれど、この世の終わりではないんだ」

エイジャックスの口調は少し辛辣だった。

「あなたは彼らよりも悲しみを抱いているのね」エリンは言った。「ソフィアの死に関しても」

「墓を訪れてはいるよ。主な目的はテオだけどね。二人は一緒に埋葬されている。いつ行っても、誰かが訪れた形跡はない」

「それってすごく悲しいわね」

別の人に話しかけられて二人の会話は中断した。そしてまた、ひたすら初対面の人たちへの紹介が続いた。しばらくすると、穏やかなジャズが流れてきて、エリンは音に合わせて体を揺らした。

エイジャックスはエリンの手を取った。「踊りたいかい？」

「ええ、踊りたいわ。あなたに気に入られたい人たちと、無意味なおしゃべりをせずにすむのなら」

だが、ダンスフロアでエイジャックスの腕に抱かれた途端、エリンは自分の過ちに気づいた。体がエイジャックスにぴったりと押し当てられている。

エリンが顔を上げてエイジャックスを見ると、彼はいたずらっぽい笑みを浮かべた。

「踊りたいのはあなたのほうだったのね」

エリンは二人の間に距離をつくろうとしたが、無理だった。だからあきらめて、体が望むままにした。磁石のようにエイジャックスに体を密着させたのだ。ドレスの薄い生地は、黒いタキシードを着たエイジャックスとの間を阻む役割を果たしてはくれなかった。引き締まった筋肉とみなぎる力を感じる。特に、ある部分がこわばっているのがわかった。

エリンがにらむとエイジャックスは肩をすくめた。

「仕方ないんだよ。ほかの女性といるときは自分を抑えられるが、君の前だと無理なんだ」

「あなた、言ったじゃない。この化学反応もいつかは消えるって」

「ほかの女性との間ではそうだったのさ。だが君は特別だ。君に対する欲望は消えそうにないよ」

エリンは首を振った。

「我慢することないだろう?」エイジャックスはエリンの耳元でささやいた。唇がもう少しで肌に触れそうだ。

エリンの全身がうずいた。頭がぼんやりしかけたが、なんとか集中力を保つ。「あなたと違って私は自分を抑えられるのよ」

エリンがほほ笑みかけると、エイジャックスの瞳がきらりと光った。

私たちは危険な遊びをしている。それはわかっている。そのとき、エリンはエイジャックスの肩越しにアンドロメダと目が合った。彼女は夫と踊っていた。だが、二人はこれ以上ないほどよそよそしく、不幸せに見えた。

アンドロメダはエリンに気づいてわずかに首を縦に振り、エリンもそうした。エリンの体が打ち震えた。欲望のせいではない。エイジャックスの提案に応じたら、自分の人生がどうなるのかがわかって震えたのだった。

エリンは視線をそらし、冷静になろうとした。

「どうした?」エイジャックスは尋ねた。

エリンは首を振った。「なんでもないわ。急に寒気がしただけ」

そのあとも、エイジャックスの隣で身を固くして、なんとか乗り切った。そしてついにお開きになると、エイジャックスの両親のヴィラへ出発した。

ダミアとアシュリングを起こさないよう、ヘリコプターはヴィラから離れた場所に着陸した。一行は車二台でヴィラへと向かった。一台にはエリンとエイジャックス、もう一台にはエイジャックスの両親が乗っていた。

エイジャックスの両親の乗った車が先に到着したらしく、エイジャックスとエリンが車を降りると、アンドロメダがそこに立っていた。彼女はエリンを呼び止めた。エイジャックスはすでに中へ入ってしまっていた。

アンドロメダはエリンに言った。「あなたはエイジャックスを愛しているのね? ダンスのとき、あなたがあの子に向けていたまなざしでわかったわ」

エリンは息を吸い込もうとしたが、できなかった。かぶりを振り、急に激しくなった鼓動や胸の苦しさを鎮めようとする。「そんな、もちろん違います。私も彼も、自分たちが何をやっているのかちゃんとわかっています。これは愛じゃないんです」

アンドロメダはかすかにほほ笑んだ。それは親しげな笑みではなく、悲しい笑みだった。「あの子、あなたに話したのね。あの子とあの子の兄がどういうふうに育ったかを。私はあなたに傷ついてほしくないの。あなたはすてきな女性だもの、エリン。もっと多くのものを手に入れてしかるべきだわ」

そう言うと、アンドロメダは離れていった。一人残されたエリンは、いま言われた言葉が、頭の中でぐるぐる回って混乱していた。

〝あなたはエイジャックスを愛しているのね〟

いいえ。違うわ。そんなはずはない。エイジャックスのような人を愛するなんて、それこそ最悪の自傷行為だ。彼は過去に一度、私を捨てた。いまは私に、ともに人生を歩んで家族をつくろうと言っているけれど、それは私を愛しているからじゃない。彼はもう私を捨てることはないかもしれない。でもきっといつか、少しずつ離れていってしまうだろう。それはきっぱりと拒絶されたり、捨てられたりするよりずっとつらいことだ。

「エリン？　大丈夫か？」

エイジャックスが隣にやってきて、エリンの腕をつかんだ。彼は怒っているように見えた。

「母に何を言われた？」

「な……何も。私はただ疲れただけ。それに空腹なんだと思うわ。あまり食べていないから」

エイジャックスはエリンの手を取り、キッチンへ入っていった。冷蔵庫からぶーんという音がする以外は静まり返っていた。

「座ってくれ」彼はそう言うと、テーブルの前の椅子にエリンをそっと座らせた。

彼が棚の扉を次々に開けては閉めるのを、エリンはぼんやりと見つめた。

ついに尋ねてみた。「何を探しているの？」

エイジャックスはエリンを見た。「卵だ」

エリンは食品庫の扉を指さした。「あそこを見てみたら？」

エイジャックスは食品庫に入り、声をあげた。「あった！」そして、卵をのせたトレイを持って得意満面で出てきた。エリンは立ち上がろうとしたが、彼は手を上げて制した。「座っていてくれ。何か食べるものをつくるよ」

「でもあなた、料理できないじゃない」

エイジャックスは少し決まり悪そうにしたが、慣れた手つきで卵をボウルに割り入れていった。エリンはびっくりした。

彼は言った。「君が僕のアパートメントに来たあの夜から……」

二度目の夜のことだ。ディナーを食べ損ねたので、夜中にキッチンへ行って食べ物を探した。エイジャックスはどこに何があるのかまるでわからなかったが、なんとかチキンサラダとパンを見つけてきたのだった。エリンはそのとき、あなたは料理がまるでできないのねと言ってからかった。

エイジャックスは続けた。「君に言われたことがずっと引っかかっていたんだ。卵も茹《ゆ》でられずに、どうやって自立するんだって言っただろう？」

エリンは顔をしかめた。私はときどき、率直にものを言いすぎる。「ごめんなさい。侮辱するつもりはなかったの」

エイジャックスはエリンを見た。彼はいま、プロの料理人のような巧みさで卵を泡立てていた。「いや、すごくありがたかったよ。あれから僕は卵の茹で方を覚え、どんどんできることを増やしていった。いまはオムレツをつくっている。あまりレパートリーは増えていないが、そのうち、ローストチキンをつくれるようになろうと思っているんだ」

「世界で一番簡単なことね」エリンは言った。

エイジャックスは温めたフライパンに卵を移し、何かを加えた。エリンにはそれが何か見えなかったが、とてもおいしそうな香りがしている。数分後、彼はテーブルにやってきて、エリンの前に皿を置いた。文句なしにふわふわのオムレツで、新鮮なハーブとパンが添えられている。

エリンはぽかんと口を開けてエイジャックスを見た。そして口を閉じた。おなかがとてもすいている。オムレツを口に入れると、おいしさにうっとりと目を閉じた。

エイジャックスは二脚のグラスにワインを注《つ》ぎ、

一つをエリンのそばに置いてから、椅子に座った。

エリンはオムレツをのみ込み、ワインを一口飲んだ。「あなたはおなかがすいていないの？」

彼の細めた目がいたずらっぽくきらめいた。「すいているよ。でも、欲しいのは食べ物じゃない」

エリンはエイジャックスに悟られたくなかった。彼の言葉が、あっという間に自分の体を燃え上がらせてしまうことを。露出度の高いドレスを着て、肌があらわになっていることをいやというほど意識してしまう。食欲はなくなっていったが、無理やりオムレツを食べ終え、パンを口に入れた。

もう一口ワインをすすって、言った。「おいしかったわ、ありがとう。もう行くわね。アシュリングの様子を確認しないといけないし」

エリンは立ち上がった。エイジャックスは立ち上がらず、椅子にゆったりと座っていた。

「僕の部屋はわかっているね、エリン」

エリンは何も言わず、できるかぎり優雅な動きでキッチンを出ていった。そして彼の目が届かないところまで来ると、自分の寝室へと走った。

寝室へ戻ると、サンダルを脱ぎ、静かに子供部屋へ入った。長いまつげを頬に伏せて眠っているアシュリングを見ると胸がいっぱいになる。薄いブランケットを引き上げ、少しのあいだアシュリングのおなかに手を当てて、彼女の呼吸を感じた。

改めてエリンは、自分がどれほどアシュリングを守りたいと思っているか痛感した。絶対にこの子を傷つけたくない。こんなふうにアシュリングのそばにいると、母に捨てられたときのショックが、二十五年前と同じくらい強く感じられる。同じ痛みをアシュリングに味わわせないために、できることはなんだってするわ。もしそれが、エイジャックスと距離を取ることを意味するとしても。

ダミアの部屋へ続くドアが少し開いていた。エリンは予備のベビーモニターを取って自分の寝室に戻り、ショートパンツとタンクトップの寝間着に着替え、顔を洗ってベッドに入った。

一時間たっても眠れなかった。そのうちにやっと浅い眠りが訪れ、エリンは夢を見た。夢の中で、エリンはパーティ会場にいた。だが、氷の中に閉じ込められていて身動きが取れず、誰もエリンのほうを見ていない。そして、気づいてもらおうとしても、誰も気づかない。エイジャックスの姿が目に入った。彼はほかの女性といて、エリンのほうを見もしなかった。エリンは泣きながら大声で彼を呼んでいた。私はここにいるのよ……。

そこでエリンは飛び起きた。心臓は早鐘を打ち、肌は汗で湿っている。いまもまだ氷の冷気が感じられ、その冷たさはエリンの心臓にまで届いた。

彼女は何も考えず、本能で動いていた。ベッドをおりてベビーモニターをつかみ、部屋を出た。廊下を進んでエイジャックスの寝室まで行き、ドアを開ける。エイジャックスは一糸まとわぬ姿でベッドに横になっていた。

エリンが近づいていくと、彼は片肘をついて上半身を少し起こした。「エリン……?」

エリンはベビーモニターを置いてタンクトップを脱いだ。ショートパンツをおろし、ベッドに上がってエイジャックスの隣に行った。

エイジャックスはエリンの顎に触れた。「僕は夢を見ているのかな」

エリンは首を振った。「いいえ、これは現実よ。私を抱いて、エイジャックス」

翌朝、エリンはベッドを出るとき、昨夜の自分の行動については考えないようにした。

エイジャックスの寝室を出て、自分の部屋に戻った。すばやくアシュリングの様子を確認し、シャワーを浴びて服を着た。

ちょうどアシュリングが目覚めた。エリンはアシュリングの着替えをすませると、朝食を食べさせるために階下へ連れていった。

自分とアシュリングの朝食をテラスへ運び、朝の静けさを楽しんだ。昨夜私はきっと、エイジャックスと共有している情熱を、燃え尽きる前に最大限に味わおうとしてあんな行動を取ったんだわ。〝我慢することないだろう?〟エイジャックスはそう言った。彼の言うとおりだわ。所詮ただのセックスじゃないの。

でも、あの夢はいったいなんだったの?

暖かい朝の光の中にいても、夢から目覚めたときの冷たい感覚をまざまざと思い出せる。そしてあのとき、どれほどエイジャックスが恋しかったかも。

アシュリングは昨夜ぐっすり寝たにもかかわらず、機嫌が悪かった。頰が赤くなっている。歯ぐずりをしているのだ。

食事を終えると、エリンはアシュリングを海辺まで連れていき、気を紛らわせようとした。だがアシュリングはすぐにぐずり始めた。薬を与えたのだが、効いていないようだ。

痛みをやわらげられるものを探そうと思い、エリンはアシュリングを連れてヴィラに戻った。

テラスにダミアがいて、アシュリングを抱こうとしてくれたが、エリンは言った。「いいの、休んでいて。昨夜は遅くまで働いてもらったし、今夜、私たちはまた出かけなければならないから」

アシュリングを連れて二階へ上がった。アシュリングの泣き声は、ヴィラに響き渡るほど大きくなっていた。

そのとき、驚いたことにアンドロメダがやってきた。手には歯固めリングを持っている。「これ、テオが使っていたものなの。捨てずに取っておいたのよ。試してもいい？」

アンドロメダが両腕を差し出した。エリンは、彼女がアシュリングを抱こうとしているのだとわかった。

気がつけば、エリンはアンドロメダにアシュリングを抱かせていた。アシュリングが泣き叫ぶだろうと思っていたが、驚いたことに、なじみのない人に抱かれたことでアシュリングは一瞬おとなしくなった。アンドロメダが歯固めリングをくわえさせると、アシュリングはそれを両手でつかんで噛《か》み始めた。

アンドロメダは言った。「ほらほら……悪くないでしょう？」

エリンは呆然《ぼうぜん》と見つめていた。

アンドロメダは少し決まり悪そうにエリンを見た。「デメトリオにもエイジャックスにも、こんなふうにしてあげたことがないの。私、子供を抱っこする必要がなかったから」

「ええ……聞きました」エリンはか細い声で言った。

アンドロメダはアシュリングを軽く上下に揺らし、抱いたままバルコニーへ歩いていった。そのとき、エリンのうなじがぞくっとした。

エリンが振り返ると、エイジャックスはエリンではなく、アンドロメダを見つめていた。「もしかして……」

「ええ……私も信じられないわ」

エイジャックスはエリンに目を向けた。「また僕をベッドに置いていったね」

険しい表情を浮かべたエイジャックスが、何か言おうと再び口を開いたそのとき、アンドロメダがさっきよりだいぶ落ち着いた様子のアシュリングを連れて戻ってきた。彼女はアシュリングをエリンに渡しながら言った。「可能であれば、ときどきはこの子に会いたいわ……これが終わったあとも」

「もちろんです」エリンは驚きを必死で隠そうとし

ていた。「あなたはこの子のおばあさまだもの」

アンドロメダはアシュリングの頬に触れてから、エイジャックスに目を向けた。「あなたとデメトリオに、心をこめて接してあげられなくてごめんなさい。私はそうしたかったの。でも……」そこまで言うと首を振り、エイジャックスが反応する前に子供部屋から出ていった。

エイジャックスは唖然《あぜん》としてエリンを見た。「いまの見たか？」

エリンはうなずいた。「きっと、お母さまは気がついたのよ。あなたのお兄さまとテオを失って――いまがやり直すチャンスなのかもしれないことに。それっていいことよ、エイジャックス」

「本心からの言葉ならね」彼はそっけなく言った。

「一度お母さまと話をしたほうがいいんじゃない？　私、アシュリングを昼寝させるわ。いま眠らせておかないと、あとでぐずってダミアの手を焼かせてしまうから」

エイジャックスは口を開いた。「昨夜のことだが――」

エリンは彼をさえぎった。「ただのセックスよ、エイジャックス。あなたの言うとおりよ。お互いに欲望を抱いてしまった以上、行き着くところまで行かなければ終わりにできないわ」

彼は長いあいだ、じっとエリンを見つめていた。「これで話は終わりじゃない」そう言うと、部屋を出ていった。

数時間後、エイジャックスは玄関ホールでエリンを待っていた。彼は落ち着かず、いらいらしていた。今日、エリンはずっとエイジャックスを避けていた。ダミアによると、アシュリングを連れて村へ行っていたらしい。

エイジャックスはエリンたちを追いかけるつもり

だったが、出かけようとしたときに母に呼び止められてしまった。母は言った。〃私たちの二の舞にはならないで、エイジャックス。半分死んだ状態で生きるなんてだめ。あなたはもっと多くのものを手に入れるべきよ。エリンと一緒にね。だって、彼女があなたに向けるまなざしといったら……〃

母が言ったことの意味がいまでもわからない。エリンは僕に警戒したまなざししか向けてこない。そうでなければ、驚いた目で見てくるだけだ。昨夜、僕がお粗末な料理の腕前を披露したときがそうだった。僕はエリンがいなかったら料理を始めなかった。

それなのに、彼女を手放してしまった。

エリンの声がよみがえる。〃あなたは私を捨てたのよ〃エイジャックスは顔をしかめた。僕は彼女を捨てた。彼女の存在が近くなりすぎたからだ。

そのとき、エイジャックスの頭に疑問が浮かんだ。エリンの存在が近くなりすぎて怖くなり、それで彼女を手放したというなら、いまはどうなんだ？　結局のところ、僕は彼女と人生をともにする気になっている。とはいえ、僕たちを結びつけているのは仲間意識と欲望であり、それ以上のものはない。

〃あなたはもっと多くのものを手に入れるべきよ〃

だが、僕はそれ以上のものは欲しくない。また絶望を味わうリスクを冒したくない。愛する人を失うつらさを――。

背後から音が聞こえ、エイジャックスは振り返った。階段の一番上にエリンが立っている。その瞬間、彼は気づいた。もう手遅れだと。

僕はずっと自分をごまかして、真実から目をそむけていたのだ。もう二度と繰り返さないと決めていたはずなのに、それはひっそりと僕の中に根を張り、芽生えてしまっていた。それも、エリンと二度目の夜を過ごす前から。

だからこそ、僕はほかの誰とも寝なかったのだ。

ったのだ。

だからこそ、エリンに会いに行くのに時間がかか
だって、心の奥底ではちゃんとわかっていたから。

エリンは心配そうな顔をしていた。「このドレスでいい？　丈が短すぎる？」

そのドレスはふくらはぎが半分見えるくらいの丈で、肩紐《かたひも》はなく、体の線にぴったり沿っていた。

「大丈夫だよ。とてもきれいだ。そろそろ行こう」

二人が出かけたのは、近くの島で開かれた野外の展覧会だった。著名な現代美術家の作品がいくつも展示されていて、エイジャックスの親戚を含め、たくさんの人で賑《にぎ》わっていた。

レオとエンジェルと再会できて、エリンはとても嬉《うれ》しかった。特にエンジェルのおかげで、ときどきエイジャックスのそばを離れられたのがありがたかった。というのも、今夜のエイジャックスはなんだか変だったから。彼はエリンを、まるで赤の他人を見るような目つき――いぶかしみ、責めるような目つきで見ていた。

だが、そのおかげで二人の間に適度な距離ができたので、エリンはありがたくも感じた。エイジャックスのそばにいればいるほど、肝心なことを見失いそうになってしまう。私はアシュリングと自分自身を、裏切りや拒絶から守らなければならないのだ。また捨てられて傷つくわけにはいかない。

でも、だったらなぜ、昨夜あんなにも彼に引き寄せられてしまったの？

エリンは心の声を無視し、エンジェルとおしゃべりをした。エンジェルが言うには、毎年夏になると、上流階級の人々のためにこういったイベントがいくつも催されるらしい。人々はアテネの暑さを逃れて、飛行機やヘリコプターやヨットで島々を巡りながら数カ月過ごすのだという。

レオとエイジャックスが会話に加わり、エイジャックスはエリンのウエストに腕に回した。エリンは体に力をこめようとしたが、結局は楽なほうに流れて、彼に身をぴったりと寄せていた。

エイジャックスの両親は展覧会には来ていなかった。アンドロメダが、ダミアと一緒にアシュリングの世話をしたいと言ったからだ。エリンとエイジャックスが戻ってくると、ヴィラは静まり返っていた。

何も言わなくても、エリンにはエイジャックスの意図がわかった。彼はエリンの手を取り、彼女が靴を脱ぐのを待っていた。二人は一緒にエリンの寝室へ行くと、子供部屋のアシュリングの様子を確認した。アシュリングはぐっすり眠っていた。

エイジャックスは自分の寝室へとエリンをいざなった。部屋に入ると彼はドアを閉め、エリンはドアを背につけて立った。彼はエリンの頭を挟むようにドアに手をついて、彼女をじっと見つめた。

エリンは言った。「いったいなんなの？　あなた、ずっと私のことをにらんでいたじゃない」

エイジャックスはかぶりを振り、欲望がほとばしった表情とは裏腹に、優しい手つきでエリンの顎を撫《な》でた。「君のせいだよ。君は僕をおかしくさせる。僕は――」

エリンは両手で彼の顔に触れ、唇で彼の唇をふさいだ。まるで、彼が何を言うのかわかっていて、それを聞きたくないかのように。

しばらくして唇を離すと、彼女は言った。「言葉はいらない。私たち、話をする必要はないわ」

「忘れていたよ……これは、単にセックスだけの関係だったね」

エリンはうなずき、彼のジャケットを脱がせて床に落とすと、蝶《ちょう》ネクタイとシャツのボタンを外しにかかった。「そう。ただのセックスよ」

11

二週間後　アテネ

エリンが勤務先の法律事務所に休暇延長を申し出て、許可されてからというもの、エリンとエイジャックスの間には、燃え尽きるまで欲望を探求するという暗黙の了解が存在しているようだった。

夜になると、エリンは彼の寝室にそっと入り、二人は激しく交わった。エリンは息を乱して一心不乱に求めながら、エイジャックスとの間にある情熱が衰えていかないのはなぜなのかと考えていた。衰えるどころか、強くなるばかりだった。

エイジャックスは最近、何か言いたげにじっと見つめてくることが多くなっている。エリンはそういうとき、適当な理由をつけてそばを離れたり、彼の気をそらしたりした。直感的に、彼が言おうとしていることを聞かないほうがいいとわかっていた。

徐々に追い込まれていくような、そんな感覚をエリンは抱いていた。エイジャックスと向き合うのを永遠に避けてはいられない。決断しなければならない。ニューヨークへ戻り、前に進まなければならない。勤め先の事務所は寛大にも休暇を許可してくれたけれど、これ以上休んだら、戻ったときに自分の席があるかどうかわからない。

しかもいまは新たな懸念も生じている。エリンがいまだ向き合う勇気を持てないでいる懸念だ。その日の朝、突然気分が悪くなってもどしてしまったあと、鏡に映った自分を見たとき、恐怖と高揚感に襲われた。そしてまた吐き気を催した。

なんでもないわ。心の声がそう言った。

だが、アシュリングを身ごもったときも、こんなふうに吐き気に襲われたのだ。

アシュリングがおもちゃを渡そうとしてきた。いま二人はヴィラの庭で、木陰に腰をおろしている。

「ありがとう」エリンはうわの空で声を出した。

そのときエリンが顔を上げると、こちらへ向かってくるエイジャックスの姿が見えた。顔には確固たる決意が表れている。エリンは走って逃げたくなった。だが走るには疲れすぎていた。長いあいだ走り続けてきて、もう立ち止まりたいような気分だった。

エイジャックスはジーンズとシャツという出《い》で立《た》ちだった。シャツの裾は外に出し、袖は折り返している。ずっと仕事をしていたのだろう。父親を見つけたアシュリングは手をたたくと、おぼつかない足で立ち上がった。エイジャックスは数メートル離れたところでかがみ、両腕を伸ばした。アシュリングはためらいもなく突進していった。エイジャックスに抱え上げられてぐるぐると回されると、大喜びで歓声をあげた。

エリンは二人のシンプルな関係がうらやましかった。

エイジャックスは近づいてくると、両膝をついてアシュリングを地面におろした。アシュリングはすぐにおもちゃをつかんだ。彼はエリンを見た。「話せるか？」

エリンはパニックに襲われた。今朝の記憶がよみがえって吐き気が込み上げそうになる。

「ダミアに、英語のレポート課題を手伝うって約束しているの。提出の締め切りがあって――」

エリンは立ち上がろうとしたが、エイジャックスが彼女の手をそっとつかんで制した。

エリンは再び腰をおろした。

「どこか別の場所で話したかったんだが、僕が話しかけようとするたびに、君は逃げてしまうから」

「昨夜はあなたのベッドにいたじゃない」

エイジャックスは鼻を鳴らした。「まるで、僕たちが話をするのはベッドの中だけみたいな言い方だな。十年たって、僕がいまほど君に欲望を抱かなくなったらやっと――」

「十年後は一緒にいないわ」パニックが込み上げ、エリンは口を挟んだ。

「いや、いるよ、エリン・マーフィー。だって僕は君を愛しているから。もう何日もずっと、そう言おうとしてきたのに、君は僕を避けて――」

得体の知れない強い力に駆り立てられて、エリンは立ち上がった。とにかくここから離れなければ。いますぐ。

無我夢中で庭を歩いていく。エイジャックスが後ろから呼びかけた。「エリン、聞いてもくれないのか？　どこへ行くんだ？」

エリンは振り向いたが、そのまま後ろ向きに歩いていった。エイジャックスはアシュリングを抱きかかえている。アシュリングは混乱した様子で手を伸ばしている。エリンは押し寄せる感情にのみ込まれそうだった。

「ごめんなさい……できないわ」逃げるように出ていった。

運転手はエリンをプラカ地区で降ろした。エリンはエイジャックスが言ったことを考えまいとして、ひたすら歩いた。

〝君を愛している〟

本気で言ったんじゃないわ。私をここに引きとめるために、陳腐な決まり文句を口にしたにすぎない。

建物の入り口が目に入り、立ち止まった。中へ入るとドアマンが出迎え、エレベーターのボタンを押してくれた。薄暗い空間に足を踏み入れたときにやっと、以前エイジャックスが連れてきてくれたレストランだと気づいた。

引き返したかったが、もう遅かった。エレベーターのドアが開き、ウエイターが静かなテーブルへ案内してくれた。店内はすいていた。ランチとディナーの合間で、ちょうどスタッフの交替の時間だった。

水とワインの入ったグラスが目の前に置かれた。注文したことも覚えていなかった。水を一口あおったが、ワインは飲まなかった。

〝君を愛している〟

エリンはかぶりを振った。そのとき、さっきのアシュリングの姿を思い出した。エイジャックスに抱かれ、困惑した顔で小さな手を伸ばしていた姿を。

記憶がよみがえってくる。幼いころ、泣きながら母のスカートにすがりついていたときの記憶が。母に手をはねのけられた私を、父が抱き上げた。私は必死で手を伸ばしたけれど、母はドアを閉め、出ていってしまった。

いま気づいた。あのとき、私はあんなに幼かったのに、母が出ていったのを自分のせいにしていた。私の愛が重すぎたから、私が一緒にいてほしいと思いすぎたから――だから母は出ていったのだと思い込んでいた。

顔を上げて、エイジャックスがそこに立っているのを見たとき、エリンは自分が泣いていることに気づいた。エイジャックスはすぐに心配そうな表情を浮かべ、そばへやってきた。

「いったいどうしたんだ。僕が君を愛しているのはそんなに悪いことなのか？」

エリンは立ち上がった。ここを離れなくては。店内にほかの客がいないことを気にとめもせず、エレベーターへ向かう。

エレベーターのドアは開いていた。エリンは中へ入り、闇雲にボタンを押した。

閉まろうとするドアを手が押さえ、こじ開けた。

そしてエイジャックスが入ってきた。

ドアが閉じると、エリンは後ずさって背中を壁につけた。「お願い。もう言わないで」

エレベーターはとまったままだが、エリンは気にとめてもいなかった。

エイジャックスが口を開いた。「なんだって？　愛していると言うのがだめなのか？　いや、言うよ。君が信じてくれるまで言い続けるつもりだ」

エリンはかぶりを振った。「あなたを信じたくないの。そんなことをしたら、あなたが去ってしまうとき、私はめちゃくちゃになってしまう。ずっと自分に言い聞かせてきたの。でも違うわ。私はアシュリングを心配しているんだって。だって、もう二度と同じ目にはあいたくないから。母に捨てられたときに、私の何かが壊れてしまったのよ」

エイジャックスが近寄ろうとしたが、エリンは手を上げた。

彼は動きをとめて言った。「君は壊れてなどいないさ、エリン。君のお母さんは君を置いて出ていった。そんなことをされたら誰だって深く傷つく。ましてや幼い子供ならなおさらだ」

「でも、私は娘を置いて出てきてしまったわ」

彼はかぶりを振った。「君は子供を見捨てたりしない。わかっているだろう。君のお母さんがやったこととは違う」

「あの子は大丈夫？」

「大丈夫だよ。いまはダミアと夕食を食べている」

エイジャックスの言うとおりだと、エリンは思った。私はアシュリングを捨てたりしない。そんなことは絶対にできない。私はさっき、エイジャックスから逃げたのだ、彼の告白から。

エイジャックスは言った。「僕のせいだ。待つべきだったよ。でも、だんだん辛抱できなくなってきて……僕たちはすでに多くの時間を無駄にした。二年近くの時間を。僕は残りの人生を君と過ごしたいんだ、エリン。これまでよりもっと多くのものを、君と一緒に手に入れたい」

エリンは首を振った。「あなたを愛することはできないわ。また傷つくのが怖すぎるの」

エイジャックスが近づいてきた。エリンは、今度は彼をとめなかった。エリンの頬を手で包んで見おろした彼は、エリンがこれまで見たこともない表情を浮かべていた。いいえ、見たことがあるかもしれない。エリンはそう思った。そんなはずないと私が自分に言い聞かせてきただけ。私が恐れていただけ。

私が求め、恐れているもの。それは愛だ。

彼が言った。「もう遅いよ。君は僕を愛しているし、僕も君を愛している。僕が思うに、僕たちはずっと前から愛し合っていた……あの二度目の夜から。だから、僕は君を手放したんだ」

エリンはしゃくりあげた。「あなたは私を捨てたわ」

エイジャックスは顔をしかめた。「君の存在が近くなりすぎたんだ。君に夢中になっている自分に気づいて、僕は面食らってしまった。だが、君を忘れられなかった。それに、ほかの女性もいらなかった」

エリンは鼻を鳴らした。「あなたは運がよかっただけよ。私がほかの男性に夢中にならなかったのは、娘の世話で忙しかったからだもの」

ほの暗い明かりの中で、エイジャックスの顔が青ざめた。「そんなこと、冗談でも言わないでくれ」

暗い恐怖の中から希望が芽生えるのを、エリンは感じていた。「あなたにまた捨てられたら、私は立ち直れないわ」

エイジャックスはかぶりを振った。その顔には激しい感情が宿っていた。「テオの死は僕を打ちのめした。誰かを愛したせいであんな思いをするなら、もう愛なんていらないと思った。だが君は――君とアシュリングは、僕に新たな命を吹き込んでくれた。もう一度信じようという気にさせてくれた。僕はどこにも行かない。君もだ。僕たちは永遠に一緒だ。僕は君と家庭を築きたい。僕たちの子供に、僕たちが与えてもらえなかった愛や安心感をたっぷり与えたい」

エリンは唇を噛《か》んでエイジャックスの手を取り、ブラウスの下のおなかに当てた。彼は目を見開いた。エリンは言った。「まだはっきりとはわからないけど……でも症状から判断すると、妊娠しているわ」

「本当か？」

エリンはうなずいた。彼の顔に畏怖の念が浮かぶのを見て、わずかに残っていた疑いも消えていった。

「だからパニックを起こして逃げてしまったの。もし、あなたが本気で言っているんじゃなかったら……心からの言葉じゃなかったとしたら……私たちは不幸なカップルになってしまうもの。あなたのご両親のように、これからの人生を不幸なまま一緒に歩いていくことになってしまうわ」

エイジャックスは首を振り、指をエリンの指にからめた。「あり得ない。僕らは彼らとは違うし、決してそんなふうにはならないよ」

彼が床に片膝をついたので、エリンは目を丸くした。彼はエリンの手を握ったまま言った。「エリン・マーフィー、僕と結婚してともに家庭を築いてくれるかい？　死が僕らを分かつまで、愛し合ってくれるかい？」

愛。それは私が何より恐れているものだ。でも、愛がなければ私は生きていけない。

エリンはうなずいて、彼のそばで両膝をつき、彼の首に両腕を巻きつけた。「愛しているわ、エイジャックス」

エピローグ

三年後

目の前に広がる光景を見て、エリンは笑みをこぼした。はちゃめちゃだが、幸せな光景だ。

彼女はアテネのヴィラのテラスに立っていた。荘厳な街の景色を背に、かつては芝生が一面に広がっていた場所に、城型のトランポリンが設置されている。ピエロたちに、数え切れないほどたくさんの子供たち。そして、おしゃべりをしながら子供たちを見守る大人たちで賑《にぎ》わっている。テーブルにはたくさんの食べ物と飲み物が並べられ、二匹のふさふさした犬が、子供たちにしきりに撫《な》でられ、ときどき一休みしに茂みの中へ駆けていっている。

エリンの父は庭の端で、庭師長と植物について意見交換をしていた。尖《とが》ったパーティハットを斜めにかぶった姿からは、いつも以上に風変わりな数学者の風情が漂っている。

あるものが目に入り、エリンはびっくりして手で口を覆って笑った。アンドロメダが子供たちと一緒にトランポリンの上で飛び跳ね、楽しそうに笑い声をあげているのだ。

アンドロメダはすっかり変わった。いまや彼女は親しみやすいおばあちゃんとなり、息子たちには示せなかった愛情を精いっぱい孫たちに注いでいる。エイジャックスの父とは離婚し、十年前に恋に落ちた男性と再婚した。その男性はいま、優しげな笑みをたたえてアンドロメダを見つめている。

妊娠が判明したあと、エリンは法律事務所を辞めた。その後は非営利目的での法律扶助業務に携わりたいと思うようになり、大手の法律事務所に顧問料を支払えない、小規模事業者を支援する会社を立ち上げた。これまで数多くの慈善団体や、社会において軽んじられている人たちと協力して仕事をしてきた。やりがいが感じられるいまの仕事が、エリンは大好きだった。

「おばあちゃん、いま行くよ!」

今日で四歳になったアシュリングがトランポリンに飛びのった。

島から来てくれたアガサの腕の中で、幼児が眠っている。テディだ。エイジャックスとエリンは、息子をテオと名付けようと思っていたが、テオはテオであって一人しかいない。だから、テディと名付けることにした。少し赤みがかったダークブロンドの髪はマーフィー家から受け継いだものだが、ブルーグリーンの明るい瞳は父親譲りだ。

うなじがぞくっとして、エリンは笑みを浮かべた。エイジャックスが後ろから両腕を回して、エリンのふくらんだおなかに手を当てた。

首の横にキスをされ、エリンの体内を喜びが突き抜けた。彼の手に自分の手を重ねる。二人の間にある情熱は衰えず、むしろ高まるいっぽうだった。

じきにもう一人家族が増える。エリンたちが島ではなくアテネに滞在しているのもそれが理由だ。第三子の出産予定日が近づいているのだ。

エイジャックスはエリンの手を取り、エリンはエイジャックスを見た。言葉を交わす必要はなく、二人はただほほ笑んだ。二人の愛の証《あかし》はあちらこちらにある。愛は過去の呪縛を解き、二人を光り輝く場所へと導いてくれた。喜びに満ち、恐怖の入り込む隙のない場所に。

エイジャックスはエリンを連れて庭へおりていった。二人はすぐに、愛にあふれた楽しい賑わいにのみ込まれた。

ハーレクイン®

乙女が宿した日陰の天使
2024年6月20日発行

著　　者　アビー・グリーン
訳　　者　松島なお子（まつしま　なおこ）

発 行 人　鈴木幸辰
発 行 所　株式会社ハーパーコリンズ・ジャパン
東京都千代田区大手町 1-5-1
電話 04-2951-2000（注文）
0570-008091（読者サービス係）

印刷・製本　大日本印刷株式会社
東京都新宿区市谷加賀町 1-1-1

ISBN978-4-596-63502-0 C0297

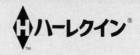

ハーレクイン・シリーズ 6月20日刊 発売中

ハーレクイン・ロマンス
愛の激しさを知る

乙女が宿した日陰の天使	マヤ・ブレイク／松島なお子 訳	R-3881
愛されぬ妹の生涯一度の愛 《純潔のシンデレラ》	タラ・パミー／上田なつき 訳	R-3882
置き去りにされた花嫁 《伝説の名作選》	サラ・モーガン／朝戸まり 訳	R-3883
嵐のように 《伝説の名作選》	キャロル・モーティマー／中原もえ 訳	R-3884

ハーレクイン・イマージュ
ピュアな思いに満たされる

ロイヤル・ベビーは突然に	ケイト・ハーディ／加納亜依 訳	I-2807
ストーリー・プリンセス 《至福の名作選》	レベッカ・ウインターズ／鴨井なぎ 訳	I-2808

ハーレクイン・マスターピース
世界に愛された作家たち
～永久不滅の銘作コレクション～

不機嫌な教授 《ベティ・ニールズ・コレクション》	ベティ・ニールズ／神鳥奈穂子 訳	MP-96

ハーレクイン・プレゼンツ作家シリーズ別冊
魅惑のテーマが光る
極上セレクション

三人のメリークリスマス	エマ・ダーシー／吉田洋子 訳	PB-387

ハーレクイン・スペシャル・アンソロジー
小さな愛のドラマを花束にして…

日陰の花が恋をして 《スター作家傑作選》	シャロン・サラ 他／谷原めぐみ 他 訳	HPA-59

文庫サイズ作品のご案内

◆ハーレクイン文庫…………………毎月1日刊行
◆ハーレクインSP文庫…………毎月15日刊行
◆mirabooks…………………毎月15日刊行

※文庫コーナーでお求めください。

6月28日発売　ハーレクイン・シリーズ 7月5日刊

ハーレクイン・ロマンス

愛の激しさを知る

秘書は秘密の代理母　ダニー・コリンズ／岬　一花 訳　R-388

無垢な義妹の花婿探し
《純潔のシンデレラ》　ロレイン・ホール／悠木美桜 訳　R-388

あなたの記憶
《伝説の名作選》　リアン・バンクス／寺尾なつ子 訳　R-388

愛は喧嘩の後で
《伝説の名作選》　ヘレン・ビアンチン／平江まゆみ 訳　R-388

ハーレクイン・イマージュ

ピュアな思いに満たされる

捨てられた聖母と秘密の子　トレイシー・ダグラス／仁嶋いずる 訳　I-280

言葉はいらない
《至福の名作選》　エマ・ゴールドリック／橘高弓枝 訳　I-281

ハーレクイン・マスターピース

世界に愛された作家たち
～永久不滅の銘作コレクション～

あなただけを愛してた
《特選ペニー・ジョーダン》　ペニー・ジョーダン／高木晶子 訳　MP-97

ハーレクイン・ヒストリカル・スペシャル

華やかなりし時代へ誘う

男爵と売れ残りの花嫁　ジュリア・ジャスティス／高山　恵 訳　PHS-330

マリアの決断　マーゴ・マグワイア／すなみ　翔 訳　PHS-331

ハーレクイン・プレゼンツ作家シリーズ別冊

魅惑のテーマが光る
極上セレクション

蔑まれた純情　ダイアナ・パーマー／柳　まゆこ 訳　PB-388

※予告なく発売日・刊行タイトルが変更になる場合がございます。ご了承ください。